HARRIS COUNTY PUBLIC LIBRARY

D1506522

Maisey Yates

Heredero del desierto

Discard

HARLEQUIN

Editado por HARLEQUIN IBÉRICA, S.A.
Núñez de Balboa, 56
28001 Madrid

I.S.B.N.: 978-84-687-3152-0
Depósito legal: M-16703-2013
Editor responsable: Luis Pugni
Fotomecánica: M.T. Color & Diseño, S.L. Las Rozas (Madrid)
Impresión en Black print CPI (Barcelona)
Fecha impresion para Argentina: 10.2.14
Distribuidor exclusivo para España: LOGISTA
Distribuidor para México: CODIPLYRSA
Distribuidores para Argentina: interior, BERTRAN, S.A.C. Vélez
Sársfield, 1950. Cap. Fed./ Buenos Aires y Gran Buenos Aires,
VACCARO SÁNCHEZ y Cía, S.A.

Capítulo 1

SAYID al-Kadar contempló la calle vacía y se subió el cuello de la chaqueta para cubrirse de la lluvia. En su opinión, la llovizna de Portland era insoportable.

Incluso en la mejor parte de la ciudad todo parecía opresivo. El suelo, la acera, los edificios que se alzaban hasta el cielo. Todo resultaba agobiante. Una prisión de cristal y acero. No era lugar para un hombre como él.

No era lugar para el heredero al trono de Attar. Sin embargo, según la información que había reunido en las últimas veinticuatro horas, allí era donde estaba el heredero al trono de Attar.

Desde que había encontrado los documentos en la caja fuerte de su hermano, había decidido descubrir si había alguna posibilidad de que el heredero hubiera sobrevivido. En tiempo récord, Alik había confirmado que el niño había sobrevivido y cuál era su paradero. Por supuesto, Sayid no se había sorprendido de la eficiencia de su amigo. Alik nunca fallaba.

Sayid cruzó la calle al mismo tiempo que una mujer se acercaba al mismo edificio que él.

Sonrió, tratando de mostrar el encanto que hacía mucho tiempo que no empleaba. Un encanto que ya ni siquiera se molestaba en fingir. Funcionó. Ella introdujo la clave y sujetó la puerta abierta para que él entrara, sonriéndole de forma seductora.

Él no estaba buscando esa clase de invitación.

Se dirigió a un ascensor diferente al que había elegido ella y subió hasta la última planta. Se sentía fuera de lugar allí pero, al mismo tiempo, se sentía aliviado por estar fuera del palacio.

Apretó los dientes y se fijó en el pasillo estrecho. La humedad del ambiente se pegaba a su ropa y a su piel. Era otra de las consecuencias de aquel clima tan desagradable.

Le recordaba a la celda de una cárcel. Nunca antes había tenido motivos para visitar los Estados Unidos. Su lugar estaba en Attar, en un extenso desierto. Y, aunque su deber lo obligaba a permanecer cerca del palacio, en él se sentía casi tan extraño como en ese frío y húmedo lugar.

Desde que el avión había aterrizado, el frío se había apoderado de él. Aunque en realidad debía admitir que llevaba helado más de seis semanas. Desde que se había enterado de la muerte de su hermano y su cuñada.

Y, después, la noticia del niño.

Él había hecho todo lo posible por evitar tener relación alguna con los niños, y sobre todo con los bebés, pero no había manera de que pudiera evitar relacionarse con aquel.

Se detuvo frente a la puerta y llamó antes de entrar. No recordaba cuándo había sido la última vez que había llamado a una puerta.

—Un segundo —se oyó un ruido fuerte y el llanto de un bebé.

Él se percató de que alguien se apoyaba contra la puerta. Probablemente estarían mirándolo por la mirilla.

En ese caso, dudaba de que lo dejaran entrar. Algo que tampoco recordaba que le hubiera sucedido en los últimos tiempos.

—¿Chloe James? —preguntó él.

–¿Sí? –inquirió ella.

–Soy el jeque Sayid al-Kadar, regente de Attar.

–¿Ha dicho *regente*? Interesante. Attar. Dicen que es un bonito país. Al norte de África, cerca de...

–Conozco tan bien como usted la geografía de mi país, y sé mucho más de lo que aparece en los libros de texto. Ambos lo sabemos.

–¿De veras?

El llanto del bebé se volvió más agudo e insistente.

–Estoy ocupada –dijo Chloe–. Ha despertado al bebé y ahora tengo que dormirlo otra vez, así que...

–Por eso estoy aquí, Chloe. Por el bebé.

–Ahora no está de buen humor. Veré si puedo hacerle un hueco en su rutina diaria.

–Señorita James –dijo él–. Si me deja pasar, podremos hablar de los detalles de la situación en la que nos encontramos.

–¿Qué situación?

–La del bebé.

–¿Qué es lo que quiere de él?

–Exactamente lo que mi hermano quería. Se ha firmado un acuerdo legal y, puesto que una de las firmas es la suya, debería conocerlo. Lo tengo en mi poder. O bien lo llevo a los tribunales, o hablamos de ello ahora.

Él no deseaba implicar a los tribunales de los Estados Unidos ni de Attar. Quería solucionarlo en silencio y que nada saliera a la luz hasta que sus consejeros pudieran averiguar la historia acerca de cómo había sobrevivido el niño y porqué había permanecido oculto durante las semanas posteriores a la muerte del jeque.

Pero antes de hacer todo eso tenía que averiguar cuál era la situación. Si los documentos que habían redactado reflejaban la verdad, o si la relación de su hermano con Chloe James había sido más especial de lo que estaba documentado.

Eso podría complicar las cosas. Podría evitar que él se llevara al niño. Y eso no era aceptable.

Se abrió la puerta una rendija, todo lo que permitía la cadena de seguridad.

—¿Identificación? —preguntó la mujer mirándolo a través de la rendija.

Él se fijó en sus ojos azules y suspiró antes de sacar el pasaporte que llevaba en la cartera, dentro del abrigo.

—¿Satisfecha? —le preguntó después de mostrárselo.

—En absoluto —cerró la puerta para quitar la cadena—. Pase.

Él entró en la habitación y, al instante, se sintió agobiado. Las paredes estaban llenas de librerías, provocando que la estancia resultara más pequeña. Sobre una mesa de café había un ordenador portátil y una pila de libros. En una esquina, había una pizarra y otra pila de libros en el suelo. A pesar de que todo estaba colocado de una manera lógica, la falta de espacio hacía que la habitación pareciera un caos ligeramente organizado. Nada parecido a la precisión militar con la que él organizaba su vida.

Se fijó en Chloe. Era una mujer menuda con el cabello rojizo, la tez pálida y con pecas. Tenía un busto generoso y la cintura un poco ancha. Encajaba con el aspecto de una mujer que acababa de dar a luz y que llevaba varias semanas durmiendo pocas horas.

Ella se movió y él se fijó en que bajo la luz de la lámpara su cabello se volvía semidorado. Si el bebé era suyo, tendría un fuerte parecido a ella. Era muy distinta a su hermano, que tenía la piel color aceituna, y a su novia, una mujer de cabello oscuro.

—Supongo que es consciente de que aquí apenas tiene seguridad —dijo él. El llanto había cesado y el apartamento estaba en calma—. Si hubiese querido entrar a la fuerza, podría haberlo hecho. Y cualquiera que quisiera hacer daño al bebé también. No le hace ningún favor manteniéndolo aquí.

–No tenía otro sitio donde llevarlo –dijo ella.

–¿Y dónde está el niño?

–¿Aden? –preguntó ella–. No es necesario que lo vea ahora, ¿verdad?

–Me gustaría –dijo él.

–¿Por qué? –se colocó delante del sofá, como si pretendiera bloquearle el paso.

Irrisorio. Ella era menuda y él un soldado muy entrenado que podía apartar a un hombre dos veces su tamaño sin cansarse.

–Es mi sobrino. Mi sangre –dijo él.

–Yo... No se me ocurrió que pensara que tiene alguna relación con él.

–¿Por qué no?

–Nunca ha sido alguien cercano a la familia. Quiero decir, Rashid dijo...

–Ah. Rashid –su manera de nombrar a su hermano era esclarecedora. Y podía complicar las cosas. Si ella era la madre biológica de aquel niño, resultaría mucho más difícil emplear los documentos legales en su contra. Difícil, pero no imposible.

Y, si no lo conseguía, podría provocar un incidente internacional y llevarse al niño de regreso con él. A la fuerza, si era necesario.

–Sí, Rashid. ¿Por qué lo dice de ese modo?

–Intento verificar la naturaleza de su relación con mi hermano.

Ella se cruzó de brazos.

–Yo di a luz a su hijo.

Una especie de furia se apoderó de él. Si su hermano había hecho algo que comprometiera el futuro del país...

Pero su hermano estaba muerto. No habría consecuencias para Rashid, independientemente de las circunstancias. Él había perdido la vida. Y Sayid debía asegurarse de que Attar no se derrumbara. De que la vida continuara lo más tranquila posible para los millones de personas que consideraban que ese país era su hogar.

—Y también redactó este documento —sacó un montón de papeles doblados del abrigo—, ¿para que, si alguien se percataba de que no había sido Tamara la que dio a luz a Aden, pensaran que había sido parte del plan desde un principio?

—Espere... ¿Cómo ha dicho?

—Conspiró para inventar la historia del vientre de alquiler para ocultar la relación que tuvo con...

Ella levantó las palmas de las manos.

—¡Eh! No. Oh... No. Yo di a luz a su hijo, hice de vientre de alquiler. Para él y para Tamara —le tembló ligeramente la voz y bajó la mirada.

—¿Y por qué no vino a buscarme?

—No... No lo sé. Estaba asustada. Ellos estaban de camino cuando sucedió. De camino al hospital desde el aeropuerto. Yo ya estaba de parto, me puse un poco antes de lo esperado. Iban a trasladarme a un hospital privado y su médico estaba con ellos durante el... Todas las personas que yo conocía estaban con ellos.

Él miró alrededor de la habitación y frunció los labios.

—Así que lo trajiste aquí, a tu apartamento, sin casi seguridad, ¿para protegerlo?

—Nadie sabía que yo estaba aquí.

—Mis hombres tardaron menos de veinticuatro horas en descubrir dónde estaba. Ha tenido suerte de que sea yo quien la ha encontrado y no un enemigo de mi hermano, de Attar.

—No estaba segura de que no fuera a ser enemigo de Aden.

—Ya puede estar segura de ello.

Chloe levantó la vista y se encontró con la mirada penetrante de sus ojos oscuros. No podía creer que Sayid al-Kadar estuviera en el salón de su casa. Ella había estado pendiente de las noticias sobre Attar desde el nacimiento de Aden. Había visto cómo aquel hombre había asumido el poder con elegancia, y de una manera tan calmada que podía resultar inquietante, mientras la nación continuaba conmocionada por la tragedia.

El jeque y su esposa habían fallecido. Y también el heredero que esperaban.

O eso pensaba todo el mundo.

Pero lo que nadie sabía era que los jeques habían contratado un vientre de alquiler. Y que la mujer y el futuro heredero estaban a salvo.

Ella no había sabido qué hacer. El doctor privado de los jeques no había aparecido en el parto y tampoco Tamara y Rashid...

Todavía podía sentir el pánico que se había apoderado de ella. Estaba segura de que había pasado algo. Le pidió a la enfermera que encendiera el televisor y comprobó que en todos los canales daban la misma noticia. La pérdida de la familia real de Attar, y de su médico privado, a causa de un accidente de tráfico que había tenido lugar en una autopista en Pacific Northwest.

Y lo único que había podido hacer era abrazar al bebé. Un bebé que no era suyo y que se suponía que nunca lo sería. Un bebé que no tenía a nadie más que a ella.

Durante las semanas siguientes había estado aturdida. Llorando por la muerte de su hermanastra Tamara, a pesar de que apenas la había conocido, y tratando de decidir qué era lo que se suponía que debía de hacer con Aden. Tratando de decidir si debía confiar en su tío. Porque, si revelaba que Aden estaba vivo, Sayid ya no sería el gobernador de Attar, sino simplemente el regente.

Y la idea de que pudiera hacer cualquier cosa por mantener su cargo, la asustaba. Sabía que era poco probable, o incluso ridículo. Rashid nunca había hablado mal de su hermano pequeño, y Tamara tampoco.

Sin embargo, Chloe se sentía invadida por un fuerte sentimiento de protección. Aden era su sobrino y, por tanto, era normal que sintiera cierta conexión con él, pero había algo más. Y nunca había imaginado que sería así. Después de todo, no quería tener hijos. Y nunca se había considerado una mujer maternal.

Pero lo había llevado en su vientre. Y por mucho que hubiese creído lo contrario, era un lazo que no se podía romper con facilidad.

—¿Y no pensaste en contactar con palacio? –preguntó Sayid.

—Rashid me pidió que fuera algo confidencial. Yo firmé unos documentos en los que declaraba que nunca divulgaría mi participación. Si ellos hubiesen querido incluirlo a usted, lo habrían hecho.

—Entonces, ¿todo esto es cuestión de lealtad?

—Bueno... Sí.

—¿Y cuánto le han pagado?

Ella se sonrojó.

—Suficiente –había aceptado cierta cantidad de dinero y no iba a disculparse por ello. Las mujeres que se embarazaban para dar el hijo a otra persona cobraban por el servicio y, aunque en parte lo había hecho porque Tamara era su hermanastra, también necesitaba el dinero.

A pesar de las becas, los estudios de postgrado eran caros. Y la independencia era algo absolutamente necesario para ella, lo que significaba que el dinero era muy importante en su mundo.

–Por lealtad, ya veo.

–Por supuesto que me pagaron –dijo ella–. Yo quería hacerles el favor pero, sinceramente, ¿quedarme embarazada y dar a luz? No es ninguna tontería, y de ello me he dado cuenta durante los diez últimos meses. No me siento culpable por aceptar lo que ellos me ofrecían.

–¿Y por qué quería hacerle a él el favor? –la miraba de manera tan intensa que a ella le dio la sensación de que él no se creía que no tenía ninguna relación con Rashid.

–Por Tamara. Es mi hermanastra. Y no me sorprende que usted no lo sepa. No nos habíamos conocido hasta hace un par de años y nunca tuvimos la oportunidad de mantener una estrecha relación. Descubrir que tenía una hermanastra había sido un momento extraordinario. Tamara la había encontrado gracias a los medios de los que disponía como esposa del jeque.

Chloe se había quedado sorprendida al conocerla. La esposa del jeque era su hermanastra. Pero no fue su belleza ni su poder lo que cautivó a Chloe, sino el hecho de tener una nueva oportunidad en relación a la familia. Algo de verdad, tangible y esperanzador, donde no había habido más que dolor y arrepentimiento.

No habían tenido la oportunidad de pasar mucho tiempo juntas. Vivían muy lejos y sus encuentros habían sido esporádicos pero maravillosos. Algo de lo que nunca antes había disfrutado. Y que tampoco disfrutaría, puesto que aquella maravillosa ilusión también se había hecho pedazos. Nunca conseguiría una familia. Excepto por Aden.

Al pensar en el bebé que dormía en un capazo que estaba en su habitación, se le encogió el corazón. No sabía lo que sentía por él. No sabía qué hacer con él. Tampoco si debía entregarlo. O quedarse con él. No se imaginaba haciendo ninguna de las dos cosas.

Un año antes, había empezado los estudios de postgrado para doctorarse en Física Teórica y, de pronto, estaba viviendo una vida que parecía imposible que fuera la de ella.

Llorando la muerte de una hermana a la que apenas conocía, la posibilidad de algo que no había podido ser, y luchando para terminar los trabajos del curso. Criando a un bebé.

Y, en ese mismo momento, se imaginó entregando al pequeño Aden a su tío y pidiéndole que cuidara de él.

Respiró hondo y trató de deshacer el nudo que sentía en la garganta.

Sayid la miraba impasible, pero con una pizca de remordimiento.

—Siento su pérdida.

—Yo también la suya.

—No solo mía –dijo él–. La de mi país. La de mi gente. Aden es el futuro gobernador. La esperanza para el futuro.

—Es un bebé –dijo ella. Aden era tan pequeño e indefenso. Y había perdido a su verdadera madre. La que estaba preparada para criarlo. La única capaz de hacerlo.

Lo único que había tenido durante las seis primeras semanas de su vida había sido a Chloe. Antes de dar a luz, ella nunca había sostenido a un bebé en brazos y, sin embargo, había tenido que encontrar la manera de cuidarlo durante todo el día. Estaba agotada. Sentía ganas de llorar todo el rato. Y a veces lo hacía.

—Sí –dijo Sayid–, es un bebé. Una criatura que ha nacido para ser algo mucho más importante de lo que es en la actualidad, pero ambos sabemos que ese era el propósito de su nacimiento.

—En parte. Rashid y Tamara lo deseaban mucho.

—Estoy seguro de ello, pero el único motivo por el

que era importante que tuvieran un lazo de sangre, y por el que la adopción no era una posibilidad, era la necesidad de tener un heredero del linaje de Al-Kadar.

Ella lo sabía. Parecía que había pasado una eternidad desde ese día. Tamara había ido a visitarla y su mirada brillaba por culpa de las lágrimas. Le contó a Chloe que había sufrido otro aborto. Que siempre terminaba perdiendo al bebé que llevaba en el vientre. Que deseaba tener un hijo propio, y que necesitaba tener descendencia para el trono.

Y, después, le hizo la petición.

«Serás recompensada y, por supuesto, una vez que nazca el niño regresará a Attar con nosotros. Y tú serás la responsable de traerlo al mundo. Más familia. Para ambas».

Chloe deseaba una familia. Una red de apoyo como la que nunca había tenido.

Y así se convenció de que estar nueve meses embarazada no supondría un trabajo duro. Después, Tamara y Rashid tendrían todo lo que deseaban y Chloe habría ayudado a crear una nueva vida. Además, podría solucionar muchos de sus problemas económicos.

Le había parecido algo sencillo de hacer. Un pequeño gesto a favor de la única familia que parecía preocuparse por ella.

Por supuesto, cuando comenzó a tener náuseas y a ganar peso, cuando se le hincharon los senos y le salieron estrías, «sencillo» dejó de ser la palabra adecuada para describir lo que estaba haciendo. Y, después, el parto.

Nada había resultado sencillo.

Pero nada más dar a luz, justo antes de descubrir que Tamara y Rashid habían fallecido, miró al pequeño bebé llorón que tenía en los brazos y sintió como si todos los fragmentos de su vida se juntaran para formar una bonita imagen. Como si hubiera hecho lo que tenía que hacer. Como si Aden fuera el logro más importante de su vida.

Eso fue antes de que su mundo se viniera abajo una vez más. Antes de quedar destrozada y sin saber cómo podría recuperarse.

Había estado seis semanas muy aturdida. Cuidando de Aden, de sí misma cuando podía y tratando de estudiar. Intentando no hundirse del todo.

La presencia de Sayid suponía al mismo tiempo una condena y una salvación.

—Lo sé. Pero ahora él... ¿Qué quiere hacer con él?

—Pretendo hacer lo que estaba planeado. Llevarlo a su casa. A su gente. A su palacio. Es su derecho, y es mi deber proteger sus derechos.

—¿Y quién lo criará?

—Tamara ya había contratado a las mejores niñeras, las mejores cuidadoras del mundo. En cuanto anuncie que el bebé está vivo, todo continuará tal y como estaba planeado.

—¿Cuándo lo descubrió?

—Ayer. Estaba revisando los documentos privados de mi hermano y encontré el contrato del vientre de alquiler. Por primera vez en las últimas seis semanas sentí alguna esperanza.

—Nos ha encontrado muy deprisa.

—Tengo recursos. Y, además, no estaba muy bien escondida.

—Tenía miedo —dijo ella con un susurro.

—¿De qué? —preguntó él.

—De todo. Temía que no le gustara tener un competidor. Que no quisiera perder su puesto.

Sayid la miró fijamente.

—A mí no me criaron para gobernar, Chloe James, me criaron para luchar. En mi país, esa es la función del segundo hijo varón. Soy un guerrero. El jeque debe tener energía y compasión. Y ser ecuánime. A mí no me entrenaron para eso. Me entrenaron para obedecer, para ser despiadado a la hora de proteger a mi pueblo y a mi país. Y es lo que haré ahora, a cualquier precio. No se trata de lo que yo quiera, sino de lo que es mejor.

Ella lo creyó. La evidencia de la verdad se reflejaba en la inexpresividad de su voz. Era un guerrero, una máquina creada para obedecer con eficiencia y rapidez.

Y quería llevarse a Aden con él.

Ella se sintió mareada.

—Entonces, ¿básicamente es el verdugo de la familia Al-Kadar? —preguntó sin pensar.

—Mi camino estaba marcado nada más nacer.

—Igual que el de Aden —dijo ella, y se estremeció. Siempre había sabido que el niño que dormía en su dormitorio tenía un destino que nada tenía que ver con ella pero, durante las últimas semanas, había experimentado algo nuevo y maravilloso que la habían hecho ignorar la realidad.

—Tiene que regresar a casa. Usted podrá recuperar su vida, tal y como tenía planeado.

Podría finalizar los estudios, terminar el doctorado. Obtener una plaza como profesora en la universidad o conseguir un empleo en un instituto de investigación. Sería una bonita y sencilla existencia en la que pasaría el tiempo tratando de analizar aquellos misterios del Universo para los que se esperaba encontrar una solución, algo que parecía imposible en lo que se refería a sus relaciones interpersonales. Ese era uno de los motivos por los que apenas se esforzaba en mantenerlas, al menos, aquellas que fueran más allá de la amistad.

Ese era el futuro que Sayid le ofrecía. La oportunidad de continuar como si nada hubiera cambiado.

Se miró el vientre redondeado y pensó en el niño que dormía en la habitación contigua y que había albergado en su vientre. El niño al que había dado a luz. Todo había cambiado. Todo.

No había vuelta atrás.

—No puedo permitir que se lo lleve.

—Iba a permitir que se lo llevaran Tamara y Rashid.

—Eran sus padres y se suponía que debían estar con él.

—Su lugar en Attar es más que todo eso —dijo él.

—Se sentirá confuso, yo... Soy la única madre que conoce.

Hasta ese momento, nunca había verbalizado esa idea, pero había cuidado del bebé. Le había dado de mamar. Y, aunque genéticamente no era su hijo, él era algo muy especial.

—¿No desea regresar a su vida de antes?

—No creo que pueda —dijo ella—. Ya nunca será lo mismo.

—Entonces, ¿qué es lo que propone? —preguntó él, cruzándose de brazos.

En ese momento, Aden se despertó y su llanto invadió el apartamento. Ella sintió que se le encogía el corazón.

—Lléveme a Attar.

Capítulo 2

Esa noche... por usted... el hubiera hecho que tu vieran trabajado a ella horas después... Esa vez a say que dos envía que entra... y no lleven los com... de con... y de casa vez a corta trazada... No es así hace. La camper ne estada escudada de él... hubiendo

P OR supuesto que no –dijo Sayid, atravesando el salón para dirigirse al dormitorio donde estaba llorando Aden.

–¿Dónde diablos cree que va? –preguntó ella.

Él se detuvo y se volvió para mirarla.

–Voy a recoger a mi sobrino, tengo derecho –le mostró el contrato que ella había firmado. Un documento en el que se declaraba que Aden pertenecía a la familia real de Attar, y no a ella. Nunca sería de ella.

Él continuó caminando y ella lo siguió. Lo agarró por los hombros y tiró de él. Era un hombre musculoso y apenas se movió. El tipo de hombre que ella temía.

Durante un segundo, imaginó la posibilidad de que él le diera una bofetada. Sabía lo que era que un hombre fuerte se enfrentara a una mujer menuda. Verla acurrucada en el suelo, destrozada y sangrando, víctima del poder masculino.

Sayid no hizo nada. Se detuvo y se volvió para mirarla con furia.

–¿Qué hace? –le preguntó.

–No va a entrar ahí para tomarlo en brazos y llevárselo al desierto –dijo ella, agitada–. Puede que sea un jeque en su país, pero en mi casa no es más que un intruso y, si tengo que llamar a la policía, lo haré –dijo con rabia. Estaba temblando, pero ya no tenía miedo. Aden era el más débil y debía defenderlo.

–Interesante –dijo él con frialdad–. En su ficha ponía

que era científica. Esperaba que actuara con más cautela.

–Se supone que usted es un líder. Esperaba que tuviera más habilidad a la hora de negociar. ¿De veras cree que voy a permitir que entre ahí y se lleve a mi bebé?

Sayid la miró de nuevo de forma inexpresiva.

–No es su bebé.

–Lo sé, pero he estado cuidando de él. Le he dado de mamar –dijo ella con desesperación–, no puede entrar ahí y llevárselo sin más.

–Se suponía que iba a entregarlo, y sabe que es cierto.

–A Tamara –dijo ella–. Se suponía que iba a entregárselo a su madre, mi hermana, pero ella no estaba allí. Ha muerto. Y nadie sabía nada del bebé. No sabía qué hacer, ni a quién contárselo. Las únicas personas que lo han tenido en brazos, aparte de mí, han sido las del equipo médico, y usted quiere llevárselo...

–No quiero separarlo de usted –dijo él, apretando los dientes–. Debo hacer lo mejor para Attar. Aden no es su hijo y no pertenece a este lugar.

–Entonces, déjeme ir allí.

–¿Para desvelar el secreto que Rashid estaba desesperado por proteger?

–No. No... Podría ser la niñera.

–¿Durante los próximos dieciséis años? ¿Hasta que sea mayor de edad?

Chloe no podía pasar dieciséis años en Attar. Tenía una vida en su país. Amigos. Y un trabajo como profesora en prácticas que debía empezar en otoño.

–No... no es que... –tragó saliva y bajó la vista–. Pero quizá... Si él pudiera quedarse conmigo durante algunos meses. Seis –no sabía por qué había dicho esa cifra. Solo buscaba tiempo para asimilar todo lo que le había sucedido y permanecer con Aden a pesar de que sabía que debía dejarlo marchar.

Se dirigió hacia el dormitorio y Sayid la agarró del brazo.

—Dígame una cosa. Y sea sincera. Únicamente ha sido un vientre de alquiler, ¿verdad? ¿Había algo entre mi hermano y usted?

—Nada —dijo ella.

—Necesito saberlo. Porque no puede haber sorpresas. Ni escándalos.

—Rashid amaba a Tamara. Él nunca...

—Lo sé. Es cierto. Pero he visto que los hombres somos capaces de hacer tonterías que causan mucho dolor. Incluso él. Todo el mundo es capaz de hacer el mal.

Ella lo sabía. Lo había visto incluso en los hombres con aspecto inofensivo. Su mirada penetrante, sus dedos clavados en la piel de su brazo, se lo recordaba.

—¿Incluso usted?

—Todo el mundo es capaz de hacer el mal —repitió él.

—Bueno, pues su hermano no lo hizo. No conmigo. Hice esto por Tamara. Porque era parte de mi familia. Ahora Aden también es mi familia.

Él la soltó.

—Bien. No puedo permitirme ninguna complicación.

—Yo tampoco, Alteza. Sin embargo, en estos momentos no tengo más que complicaciones.

—Puedo hacer que desaparezcan —dijo él con frialdad—. Y su vida volvería a la normalidad.

—¿También podría hacer que desapareciera el dolor? —dijo ella, con desesperación—. ¿Podría hacer que pareciera que esto no ha sucedido? ¿Hacerme olvidar que he llevado a una criatura en el vientre y que he dado a luz? ¿Que he cuidado del bebé durante las seis primeras semanas de su vida? ¿Que él lo olvidara todo?

—Él tendrá de todo en Attar. No se le privará de ninguna comodidad. Esta no es una decisión que hay que tomar con el corazón, sino con la razón.

–¿Usted lo querrá? –preguntó ella.

Sus ojos negros se posaron en ella.

–Moriría por él.

–No es lo mismo.

–Pero es la promesa que puedo hacerle.

Los hombres, los hombres y sus promesas, eran algunas de las cosas que había evitado durante toda su vida. Había visto cómo incumplían sus promesas una y otra vez y, de adulta, había elegido no confiar en ellas. Pero de aquella no podía dudar, puesto que era una promesa que parecía salir de lo más profundo de su alma.

–Es el rey. El heredero del trono de Attar. Merece mi lealtad, tanto como mi futuro líder como por ser miembro de mi familia.

–Es un bebé –dijo ella, con un nudo en la garganta–. Ahora, eso es lo importante.

–Es un niño –dijo Sayid–. Lo sé. Pero nunca será como los otros niños. Está destinado a gobernar, es parte de su persona. Ha nacido para ello. En esta vida todos tenemos una responsabilidad, un objetivo que cumplir. Este es el suyo.

–Pero... Pero... –tartamudeó con desesperación–. Comprendo que sea el heredero pero, básicamente es un bebé. Apartarlo de mí, de su cuidadora, podría perjudicarlo, sobre todo porque imagino que habrá personal para cuidar de él, ¿no es así?

Sayid se encogió de hombros.

–Por supuesto –porque Sayid no iba a implicarse a nivel personal. Quizá estuviera dispuesto a dar la vida por su sobrino pero cambiar pañales era algo muy diferente.

–Le aseguro que el desarrollo infantil y la biología en general no son mi especialidad pero sé que han hecho estudios acerca de las experiencias tempranas y son cruciales para el bienestar de una persona. Si no reciben la atención adecuada en esta etapa, puede que en un futuro no sean capaces de mantener relaciones con apego.

Sayid la miró un instante y dijo:

—Me lo creo.

—Han observado que hay diferencias en los cerebros de los bebés que han recibido una crianza respetuosa y con apego y los de aquellos que no lo hicieron. Se producen cambios a nivel físico. Partes del cerebro dejan de funcionar con normalidad y... dudo que quiera que eso le suceda al futuro gobernador, ¿no?

—Por supuesto que no.

—He estado cuidando de él —dijo ella—. Dándole de mamar. ¿Cómo cree que le afectará que lo separen de mí? Soy la única persona que le proporciona estabilidad.

—¿Y cómo cree que dejarlo llorar está afectando a su mente? —preguntó él.

Ella pasó a su lado y se dirigió a la cuna con el corazón acelerado. Se inclinó y tomó al bebé en brazos. Todavía no se había acostumbrado a sostenerlo. Se ponía nerviosa y tenía miedo de no sujetarle bien la cabeza.

Sayid observó a Chloe mientras estrechaba al bebé contra su pecho. No parecía sentirse muy cómoda con él. Sus grandes ojos azules y la manera en que apretaba los labios demostraban su temor.

Al verla, Sayid sintió una fuerte presión en el pecho que hizo que le costara respirar. Era evidente que ella no se sentía cómoda, que no quería hacer aquello o que, al menos, no le encantaba hacerlo. Sin embargo, se sentía obligada a luchar para seguir presente en la vida de Aden. Lo había cuidado y protegido desde su nacimiento y necesitaba mostrarle lealtad.

—Seis meses —dijo él.

Ella lo miró con cautela.

—¿Seis meses para qué?

–Podrá regresar a Attar, al palacio, durante seis meses y trabajar como niñera con el propósito de que el resto del mundo se crea la historia acerca del nacimiento de Aden. Es razonable. Pensarán que es lógico que hayamos contratado a una mujer capaz de cuidar del niño, puesto que ha perdido a su madre.

–Yo...Yo...

–Informaré a la prensa de que Aden nació justo antes de que muriera Tamara y que no queríamos notificarlo hasta asegurarnos de que su estado de salud era estable.

–¿Y qué pensará la gente de que hayan ocultado algo así?

–Lo comprenderán –dijo él–. No hay otra opción. Rashid deseaba mantenerlo en secreto y así será.

–Tamara dijo que si la gente se enteraba podría pensar que se debía a algún tipo de deslealtad por su parte.

Él negó con la cabeza.

–No todo el mundo. Los que la conocían nunca pensarían tal cosa pero, sí, habría parte de la población que consideraría la infertilidad como una especie de pecado por parte de la mujer.

–Eso era lo que querían evitar –dijo ella–. Y ahora es incluso más importante ¿no cree? Ahora que solo queda él con vida.

–Sí –dijo él. El indefenso bebé y su pequeño tamaño lo hacían sentir incómodo, como si alguien lo hubiese agarrado del cuello con fuerza y le impidiera respirar. Se había sentido así desde que asumió el trono. No era un diplomático, y no se le daba bien el papeleo ni darle conversación a los dignatarios que iban a visitarlos.

Los periodistas lo sabían y aprovechaban cualquier oportunidad para compararlo con el jeque que había fallecido. El jeque que había nacido para gobernar con el que había sido criado para luchar.

El bebé podía ser su salvación, ya que ocuparía su

puesto en el trono. Pero, de momento, solo era un bebé. Pequeño e indefenso.

No pudo evitar pensar en otra vida indefensa, una que había sido incapaz de salvar. Y que añadía más peso a la responsabilidad que llevaba sobre sus hombros. Sin embargo, ni el remordimiento ni el dolor del pasado tenían cabida en su vida. Era una lección que había aprendido muy bien.

Cuando un hombre sentía demasiado, podía perder demasiado. Así que a él lo habían formado para que no le quedara nada que perder. Un hombre que podía actuar con decisión. Que no podía preocuparse por su propia seguridad. Que debía intentar hacer siempre lo mejor. Sin remordimientos.

Al mirar a Aden, su sobrino, la última figura del legado de su hermano, sintió que lo ponían a prueba. Pero no podía permitirse que se quebraran sus defensas. Así que trató de ignorar la fuerte presión que sentía en el pecho y de levantar las barreras que había construido alrededor de su corazón.

—¿Seis meses? —preguntó ella, mirándolo con sus ojos azules.

—Seis meses. Y después continuará con su vida tal y como había planeado. ¿Eso es lo que quiere, no?

Ella asintió.

—Sí, es lo que quiero.

—Eso es lo que tendrá. Recoja sus cosas, tenemos que irnos.

—Pero... Tengo exámenes y...

—Puedo llamar a sus profesores y solucionarlo todo para que le hagan los exámenes a distancia.

—No sé si me lo permitirán.

Eso lo hizo reír.

—No me dirán que no.

—No tiene que luchar mis batallas por mí.

–Lucho las batallas de todo el mundo –dijo él–. Soy así. Pronto lo descubrirá.

Las palabras de Sayid permanecieron en su cabeza mientras ella recogía su ropa y la guardaba en la maleta. Al subir al avión privado que los esperaba en el aeropuerto de Portland, se sintió como aturdida. Y con frío.

«Seis meses», pensó.

Abrazó a Aden con fuerza y se acomodó en el asiento mientras examinaba la cabina del avión. Nunca había visto nada parecido. Residir en Attar sería como estar en otro mundo.

Sayid estaba sentado frente a ella y tenía los brazos apoyados en el respaldo del sofá, con una postura con la que ella pensaba que pretendía fingir que estaba relajado. Sin embargo, ella no se dejaba engañar. Sayid no era un hombre que se relajaba con facilidad. Su mirada y su cuerpo indicaban que siempre estaba alerta.

–Puesto que usted ya tenía pasaporte, expedir el de Aden ha sido mucho más sencillo que si hubiese tenido que expedir ambos. ¿Ha viajado mucho? –preguntó él.

Ella sabía que aquellas preguntas no eran casuales. Él todavía no confiaba en ella de verdad. Y estaba bien, teniendo en cuenta que ella tampoco confiaba en él.

–Hace un par de años fui a Suiza para ver el acelerador de partículas, Large Hadron Collider. Fue una oportunidad estupenda.

Él puso una mueca a modo de sonrisa.

–La mayor parte de las mujeres que he conocido considerarían una oportunidad estupenda la compra de un bolso de diseño.

Ella notó que él intentaba hacerla enfadar. No estaba segura de por qué, pero así era.

–Me gustan los bolsos buenos tanto como a cualquier mujer. Pero si de verdad quiere ver cómo se me iluminan los ojos hábleme acerca de la Teoría de Cuerdas.

–Me temo que me superaría –dijo él, inclinando la cabeza. Ella se había ganado algo de respeto con esa respuesta.

La estaba poniendo a prueba. Nada a lo que ella no estuviera acostumbrada. A los hombres no les gustaba que las mujeres los pusieran en evidencia. Los hombres de su círculo académico siempre se sentían amenazados por su capacidad y éxito. Así que siempre buscaban su parte más débil. Por suerte, no la tenía. Al menos, no en lo que a su inteligencia se refería.

–Supongo que sí –dijo ella.–. Pero si prefiriera hablar de, no sé, por ejemplo, de los sementales árabes, probablemente, me superaría a mí.

Él se rio.

–¿Cree que soy experto en sementales?

–Supongo. Confieso que me he basado en un estereotipo.

Él se encogió de hombros.

–No sé mucho de caballos. Domino más el tema de los vehículos militares. Las armas. La artillería. Cómo tender una emboscada en las dunas. Cosas así.

Quizá sus palabras deberían haberla impresionado, pero no fue así. No había nada que pareciera remotamente seguro acerca de Sayid al-Kadar. Él exudaba peligro. Ella no solía mantener muchas relaciones interpersonales pero, en ellas, el peligro era algo que había aprendido a percibir enseguida. Cuestión de supervivencia.

–Bueno, no podré darle mucha conversación sobre eso.

–Entonces, ¿el silencio será su solución? –preguntó él, arqueando una ceja.

–No le diría que no. Han sido veinticuatro horas muy largas –les había llevado un tiempo conseguir la documentación de Aden.

–Los periodistas se estarán reuniendo en Attar en estos momentos, tratando de encontrar un buen puesto frente al palacio.

–¿Saben lo que va a anunciar?

–No. Lo anunciaré cuando reciba los resultados de la prueba de ADN. Por precaución. Hay que hacer la prueba para evitar rumores acerca de que el bebé no pertenezca realmente a la familia Al-Kadar.

–Este asunto de la realeza es complicado –dijo ella.

–No lo es. Todo el mundo tiene un papel y, mientras lo desempeñen, todo funcionará bien.

Había cierta desolación en sus palabras, cierta resignación que a Chloe le provocaba curiosidad.

El avión comenzó a avanzar por la pista y ella agarró a Aden con fuerza.

–Él la pone nerviosa –dijo Sayid.

–No tengo experiencia con bebés.

–Y tampoco se moría de ganas de tener un hijo.

–Tengo veintitrés años. No me siento preparada para ello. Pero... ni siquiera planeaba casarme y tener un hijo en un futuro.

–Sin embargo, lo protege como si fuera una tigresa con su cachorro.

–Hay instintos de supervivencia que son innatos –dijo ella, mirando a Aden–. Hay una necesidad de asegurar la supervivencia de la especie y su propagación.

–¿Eso es todo?

–No –contestó ella con un nudo en la garganta.

–Es bueno. Está bien que tenga una tía que lo quiera.

Sí. Para ella era completamente natural quererlo. Sentir que era una parte de ella. Al fin y al cabo, era su sobrino, la única familia que le quedaba.

La única familia que conocía. Sus padres ya no formaban parte de su vida. Ella nunca había pensado en hablar con ellos, en volver atrás e indagar en su horrible matrimonio. Había escapado y no tenía intención de regresar.

Aden representaba el último eslabón de su familia. Su última oportunidad. Por eso su relación era tan intensa. Y él tampoco tenía a nadie. O no lo había tenido. Habían estado solos en su apartamento, sobreviviendo.

—Lo quiero —dijo ella.

—Me complace oírlo —dijo él, sin emoción en la voz.

Ella posó la mirada sobre sus ojos negros para buscar en ellos algún sentimiento oculto. Cierta ternura por el bebé que tenía entre sus brazos.

Nada.

Nada aparte de una intensa oscuridad.

—A los siete años me fui a vivir con mi tío Kalid. No sé si Rashid te lo mencionó alguna vez —dijo él.

—No —apenas había hablado con su cuñado. No solía estar presente cuando ella iba a visitar a Tamara.

—Es común que los niños soldados vayan a aprender de alguien que ya está en el puesto.

—¿Tan pequeño?

—Es necesario —dijo él—. Como mencionó antes, las experiencias tempranas influyen mucho en cómo será uno de mayor. Algo tan importante no puede dejarse al azar.

—¿Qué quiere decir?

—Que para ser un soldado perfecto no se puede ser un hombre perfecto —dijo él—. Deben destrozarte antes para que después no te pueda destrozar el enemigo.

Su tono era suave y no reflejaba ni una pizca del horror que aquello significaba. Pero estaba ahí, en sus ojos.

Era fácil quedarse atrapada en aquella mirada. Por

él. Chloe notó que se le formaba un enorme nudo en el estómago.

Nunca había experimentado algo así. Nunca había sentido, ni por un momento, una atracción tan intensa.

Se volvió para tratar de centrarse. Los seis meses eran para Aden. Una oportunidad para devolverlo a su hogar. Para ofrecerle el cambio que ambos necesitaban.

No era el momento de quedar cautivada por un hombre de ojos negros y un alma aún más oscura.

Capítulo 3

SI EL avión parecía otro mundo, el palacio de Attar era aún más impresionante. Sus paredes y suelos brillaban debido a las incrustaciones de jade, jaspe y obsidiana. Sus cantos dorados relucían bajo la luz del sol.

Los frondosos jardines del palacio eran la única vegetación de la zona y suponían una extravagante demostración de riqueza. Agua abundante en un lugar desértico. De las fuentes, decoradas con estatuas con forma de mujer, manaba agua constantemente.

Enormes muros de piedra protegían al palacio del fuerte calor.

El recibidor era del tamaño del apartamento de Chloe. Las columnas estaban recubiertas de oro y los techos incrustados con piedras preciosas.

Por primera vez, Chloe se avergonzó de haber invitado a su hermana a su apartamento. Tamara nunca le había comentado nada de su pequeña vivienda, pero si aquello era a lo que estaba acostumbrada... Y Chloe no lo había imaginado. Sabía que su hermana había vivido en un palacio, pero nunca había imaginado que fuera tan lujoso.

Los aposentos en los que la habían acomodado estaban preparados para Aden y su niñera. El dormitorio era enorme. Tenía el techo alto y, sobre la cama, había una decoración en forma de estrella apoyada sobre unas columnas blancas decoradas con escenas de camellos en el desierto.

Chloe se acercó y apoyó la mano sobre uno de los camellos. Era de ámbar y estaba sobre un fondo de polvo de oro que representaba la arena de Attar. «Con una sola columna podría pagar mis estudios durante un año», pensó.

Continuó hasta la habitación de Aden, que estaba conectada con la de ella. La cuna estaba cubierta por una tela azul que colgaba del techo, y que hacía que pareciera el trono de un pequeño príncipe.

—Hemos mejorado, ¿verdad? —lo colocó en la cuna con cuidado y le acarició el vientre.

Al mirarlo, se le formó un nudo en la garganta. Aquella habitación la había preparado Tamara. Para un hijo al que nunca había podido abrazar. Y al que ni siquiera había podido llevar en el vientre.

Chloe lo había hecho, y lo había odiado. Durante todo el embarazo se había sentido muy mal, mientras que su hermana anhelaba llevar a su hijo en el vientre y no había podido hacerlo.

Las lágrimas afloraron a sus ojos. Deseaba clamar contra el mundo. Contra su injusticia. Nada tenía sentido. Y ella no podía controlarlo. Lo había intentado. Y todo había salido mal.

Un fuerte sentimiento de angustia se apoderó de ella, dejándola sin respiración.

—¿Está todo lo que necesita?

Chloe se volvió y vio que Sayid estaba en la puerta de la habitación de Aden, con las manos entrelazadas detrás de su espalda derecha y una expresión seria en el rostro. En ese momento, ella comprendió que él lo tenía todo muy claro. No sentía rabia ni nostalgia. Simplemente estaba haciendo lo que había que hacer y eso le parecía suficiente.

—Este lugar es muy bonito. Aunque imagino que eso ya lo sabe.

–El palacio se construyó al estilo tradicional de Attar. No es algo inusual aquí.

–Ah, sí. Entiendo que un castillo hecho de piedras semipreciosas pueda llegar a cansar al cabo de un tiempo –dijo ella.

–Lo encuentro mejor que la prisión del enemigo, en ese aspecto, el palacio es bonito. Al menos, es mejor ver el palacio que la celda de una prisión.

–¿Eso es todo lo que hace que sea un sitio mejor? –preguntó ella, con una risa nerviosa.

–En cierto modo es muy similar a una prisión –comentó él–. He solucionado el tema de sus estudios. Las clases las recibirá a través de una página web en la que tendrá que registrarse. De ese modo, además de tener el material de lectura, podrá visionar las clases.

–¿Y el laboratorio? Sobre todo trabajo de forma teórica, lo que significa que hago más matemáticas que experimentos de física, pero también tengo trabajo de laboratorio por hacer.

–Me temo que tendrá que posponerlo, pero no pasa nada. Es una estudiante reconocida.

–Casi todo el mundo a este nivel lo es. Si alguien sigue estudiando Física, es porque le apasiona.

–¿Y a usted le apasiona?

–Sí.

–¿Y por qué lo encuentra tan fascinante?

Ella miró a Aden.

–Me gusta conocer el porqué. El porqué de todas las cosas –miró de nuevo a Sayid–. Aunque he descubierto que hay cosas en la vida que no son explicables. Todavía no he descubierto cómo conseguir que todo tenga un sentido.

–No todo puede explicarse –dijo él.

–Pero mi gran apuesta es ver si se puede encontrar una explicación.

Él negó con la cabeza.

—Puedo decirle que en este mundo hay demasiadas cosas que no tienen sentido y que nunca lo tendrán. La avaricia hace que los hombres hagan cosas terribles. El deseo de poder. El deseo de control.

—La supervivencia del más fuerte.

—Sin duda. Yo he visto lo que la gente está dispuesta a hacer para conseguir poder. No tiene sentido. Créame.

Ella lo creía. Su voz mostraba verdadera comprensión. En ese momento, montones de imágenes violentas aparecieron en su cabeza.

A veces, realmente no había motivos.

—En función de mi capacidad —dijo ella tratando de ignorar los recuerdos—, intento encontrar el sentido de las cosas. Los absolutos, las cosas que no pueden discutirse o negarse. Teóricamente debería hacer que mi vida pareciera más ordenada. Más bajo control.

—¿Y qué tal le funciona?

—Muy mal.

—Sí, esa también ha sido mi experiencia. En concreto, en lo que se relaciona con lo sucedido recientemente.

—En eso coincidimos —dijo ella—. Curiosamente.

—Quizá no sea tan curioso. Veo las cosas de la misma manera que usted. Blancas o negras. Sí o no.

Ella miró a Aden y sintió que una mezcla de amor y sufrimiento la invadía por dentro.

—Yo solía ver las cosas de esa manera. Más que ahora.

Sayid miró a otro lado, rompiendo el momento de conexión entre ambos.

—Mientras esté aquí habrá otras dos niñeras contratadas. Una trabajará de noche y la otra se ocupará de Aden cuando usted esté estudiando.

—Y yo soy la nodriza. ¿Parte del equipo del príncipe?

Él la miró un momento.

–Un príncipe necesita un equipo. Pero bastará con que se considere una niñera más. No hace falta que sea dramática. Ni anticuada.

Ella miró a Aden otra vez y pensó en todo lo que le esperaba. Era injusto porque, aunque sus padres estuvieran vivos, su futuro sería el mismo. Como había dicho Sayid, Aden había nacido para gobernar.

Pero no era justo que las esperanzas de una nación estuvieran puestas en un bebé.

–¿Y por qué no puede hacerlo usted? –susurró ella–. Iba a gobernar. ¿No podría ahorrárselo a él?

–Haría lo que fuera necesario, pero no soy el hombre indicado para gobernar este país.

–Pero va a hacerlo hasta que Aden sea lo bastante mayor como para...

–Haré lo que haya que hacer.

–¿Nada más? –preguntó ella, sin molestarse en tratar de disimular su tono de amargura.

Él la miró y contestó:

–Attar necesita esperanza. Un futuro lleno de posibilidades. Conmigo, eso no lo conseguirá. La muerte me persigue, Chloe James. Yo no ofreceré tal cosa a mi gente, sino a sus enemigos.

Se volvió y salió de la habitación. Chloe lo miró y notó que la tensión se disipaba de su cuerpo con cada paso que él daba. Hasta entonces, no se había dado cuenta de lo tensa que se había puesto.

Suspiró y cerró los puños para evitar que le temblaran los dedos. Las palabras de Sayid resonaban en su cabeza.

Miró a Aden y decidió que ya tenía suficiente con ocuparse de él como para preocuparse por los asuntos de Sayid. Regresó a su habitación y se sentó frente al ordenador que le habían colocado en el escritorio. Al menos, podría estudiar para los exámenes. Presionó el botón de encendido y, mientras arrancaba, contempló los jardines desde el ventanal.

Ese día, todo había cambiado. Otra vez.

—Jeque Sayid —Malik, el asesor de Sayid, entró en el comedor mirando al suelo.

No era la persona que Sayid esperaba. Pensaba que sería Chloe, enfadada por el hecho de que él hubiese exigido que lo acompañara durante la cena.

—Tenemos que hablar sobre la rueda de prensa que va a dar mañana.

—¿Y qué es lo que hay que hablar? —preguntó Sayid, asombrado. No quería hablar sobre la rueda de prensa. Solo deseaba cenar y hacer un buen entrenamiento. Algo que lo dejara completamente agotado. Después de haber pasado el día encerrado en su despacho, atrapado detrás de un escritorio, era lo que merecía.

Era como estar en prisión. Aunque en una celda cómoda y demasiado opulenta. Anhelaba la sencillez de las tiendas del desierto o, al menos, las paredes blancas del palacio de la costa donde pasaba temporadas de pequeño.

Su asesor continuó sin mirarlo a los ojos.

—Ya sabe que la gente está inquieta.

—No les caigo bien —dijo Sayid—. Ese es el quid de la cuestión.

—No es muy... Simpático.

Sayid se rio, sin humor.

—¿No lo soy?

—Eso es lo que dicen, Jeque.

—Usted no, evidentemente —dijo él, mirando al hombre que había servido a Rashid con lealtad.

Él lo miró a los ojos.

—Por supuesto que no.

–No tiene importancia. No soy el gobernador permanente de este país. Pronto, mi sobrino ocupara el trono y yo retomaré mi puesto, uno mucho más apetecible y menos expuesto.

–Dentro de dieciséis años. Esa es una realidad que no puede ignorar.

Era la verdad. No era como someterse a una tortura física. Como gobernador, debía mostrar parte de su personalidad. E intentar ser amable. Al menos, cuando estaba atado de manos, mientras lo golpeaban o quemaban, podía aguantar el dolor. Y sobrevivir.

Pero eso no era lo que se le pedía a un gobernador. Y él no sabía hacer nada más.

–¿Está cuestionando mi capacidad? –preguntó.

–Ni mucho menos, Jeque.

–Asegúrese de que no es así. Si no, lo despediré.

Malik asintió y se volvió para salir de la habitación. Durante un instante, un pánico intenso se apoderó de Sayid. Al día siguiente tendría que presentarse ante un pueblo que no confiaba en él y encontrar las palabras adecuadas para ellos. Palabras de consuelo.

Simplemente no era para lo que estaba entrenado. Desde que había estado bajo el cuidado de Kalid, lo habían formado para ver la vida de cierta manera.

Y, a los dieciséis años, lo habían destrozado para rehacerlo de nuevo. Y convertirlo en un hombre que podía soportarlo todo físicamente.

Pero no era un gobernador diplomático ni compasivo.

El civismo y los buenos modales se los habían inculcado a Rashid. Sayid no tenía ni una pizca. Era como un arma con vida. Era todo lo que sabía hacer. Y lo que siempre había hecho.

Necesitaba mantener el control. Si no, estarían abocados a algo terrible. Una chica obligada a contraer matrimonio, su hijo arrancado de su cuerpo contra su voluntad. Soldados arrestados y asesinados. Torturados.

Su debilidad había provocado esos hechos horribles. Las grietas de su armadura llevarían a otros a la ruina.

Gobernar requería que tratara con el pueblo. No solo con enemigos y soldados. También requería que fuera una persona abierta y comprensiva y eso haría mella en su fortaleza, algo que no se podía permitir.

–No me gusta que organice mi tarde sin consultar conmigo.

Chloe entró en el comedor vestida con un traje negro. No era un vestido especialmente sexy, ni moderno, pero la manera en que resaltaba las curvas de su cuerpo y moldeaba sus senos, lo hacía espectacular.

Su aspecto era el de una mujer que acababa de dar a luz, con la silueta exagerada, y sin embargo, a Sayid le resultaba atractiva.

–Le pido disculpas, pero no me arrepiento. Siéntese.

Ella entró despacio, entornando sus ojos azules.

–Si quería cenar conmigo, solo era necesario que me lo hubiera dicho antes.

–No quiero cenar con usted, tengo que hablar con usted –dijo él–. Pensé que quizá era mejor que lo hiciéramos durante la cena.

Ella pestañeó.

–Ah. Bueno –se sentó al otro lado de la mesa, lo más alejada de él posible.

–Acérquese.

Ella se movió un puesto.

–Siéntese enfrente de mí.

Ella se puso en pie y obedeció.

–¿De qué tenemos que hablar?

–Tenemos que asegurarnos de que hay documentos que respalden nuestra historia. Me gustaría ponerla en nómina.

–No quiero su dinero.

–¿Porque ya recibió dinero?

–Yo...

–No finja que no lo necesita. Admitió que el dinero fue uno de los motivos por los que aceptó llevar a Aden en su vientre.

–Sí, pero quería venir aquí para cuidar de él. Necesitaba hacerlo. No voy a aceptar dinero para...

–Mientras esté aquí no podrá tener otro empleo. Eso significa que debería cobrar por sus servicios.

Chloe lo miró con los ojos bien abiertos. Sayid no comprendía a aquella mujer. Nunca había dicho que se sintiera como la madre de Aden, y era evidente que no lo era. Sin embargo, parecía incapaz de separarse de él y también de recibir una compensación por cuidarle.

–Voy a abrir una cuenta a su nombre e ingresaré dinero en ella, independientemente de lo que a usted le parezca.

–¿Siempre es así?

–Siempre. Es uno de mis rasgos de personalidad más útiles.

–Uno de los más insoportables también. De hecho, solo he conocido ese rasgo de personalidad suyo. ¿Tiene alguno más?

–No, que yo sepa. Hago mi trabajo, Chloe, así soy. Me aseguro de que todo funcione. De que mi pueblo y mi familia estén a salvo y bien cuidados. Por eso estás aquí, por el bien de Aden.

–De acuerdo. Abra una cuenta a mi nombre.

–No tienes intención de sacar dinero de ella, ¿verdad?

–Odio a los hombres como usted. Cree que puede controlarme. Piensa que puede comprar a cualquiera. Que puede poseer a una mujer únicamente porque es fuerte y tiene poder y estatus. No me sorprende. Me doy cuenta de cómo es –se puso en pie.

—¿Un hombre que intenta proteger el legado de su familia?

—Un hombre que necesita demostrar su testosterona comportándose como un animal —soltó ella.

La rabia se apoderó de él. Algo inusual. Debía ignorar sus palabras. Pero, por algún motivo, hirieron su orgullo. Quizá porque sabía que ella estaba equivocada.

—¿Un animal? —preguntó poniéndose en pie—. ¿Eso es lo que crees que soy?

—Me ha arrastrado hasta su madriguera.

—Te he traído aquí porque me lo pediste.

—¡Porque no podía permitir que se lo llevara!

—No pensaba arrancártelo de los brazos —dijo él, pero ambos sabían que lo habría hecho.

—Pero iba a llevárselo. Cuanto antes.

—Es lo que tenía que hacer. No tiene nada que ver contigo. Nada de todo esto tiene que ver contigo —dijo él—. Lo único que hiciste fue llevarlo en el vientre. Nada más.

Chloe solo había sentido el deseo de herir físicamente a otro ser humano en una ocasión, y había tenido que contenerse para no hacerlo. Nunca había satisfecho el deseo de herir a su padre porque había visto lo que él podía hacer con sus puños. Sabía que no dudaría a la hora de golpear a una mujer. Y no solo una vez, sino hasta que ya no pudiera ponerse en pie.

Pero en ese momento no le importaban las consecuencias. Deseaba golpear a Sayid por haberla herido con sus palabras. Por decirle la verdad.

Por decir que Aden no era más que su sobrino, aunque ella lo hubiera llevado en el vientre y lo hubiera dado a luz. No importaba. Aden no era suyo y ella no podía reclamarlo. Pero oír aquellas palabras en boca de aquel hombre arrogante, era más de lo que podía soportar.

Se acercó a él sin pensarlo y levantó el puño. Él la agarró del brazo y tiró de ella contra su cuerpo.

–¿Crees que podrías hacerme daño? –preguntó él, sujetándola con fuerza.

Chloe se enfadó aún más y no pudo controlarse.

–Quizá habría podido romperte la nariz. No importa que seas muy fuerte, la nariz siempre es un sitio vulnerable.

–Si crees que rompiéndome la nariz podrías hacerme daño es que no tienes ni la más mínima idea de lo que soy capaz. De lo que he soportado.

Agachó la cabeza y la miró fijamente a los ojos. Un intenso calor se apoderó de ella. Olía a sándalo y a limpio. No era el olor que solía asociar a los hombres. Su padre olía a alcohol, sudor y tabaco. A sangre, ocasionalmente.

Y de mayor, la única vez que se había acercado a un hombre lo suficiente como para percibir su aroma, había sido cuando compartían microscopio. Y entonces, normalmente, olían a químicos.

–Si te suelto, ¿me prometes que guardarás tus garras? –preguntó él.

–Solo si tienes cuidado con lo que dices.

–Entonces, estamos en un punto muerto porque no tengo por qué tener cuidado con lo que digo.

–Tienes razón. No eres nada diplomático.

–Nunca dije que fuera de otra manera –dijo él.

–No tiene por qué gustarme lo que dices. Y no me gusta nada.

–No intento hacerte daño –dijo él–. Pero te estoy diciendo la verdad. No voy a fingir que la situación es más agradable de lo que es. No es nada sencilla –la soltó y dio un paso atrás–. Sobreviviremos. Y Aden también. Si lo hacemos bien, se criará con salud. Él es la prioridad. No nosotros.

Chloe tenía el corazón acelerado y la cabeza le daba vueltas. Colocó la mano sobre el brazo que él le había agarrado. Tenía la piel caliente, pero por dentro. Nunca le había sucedido algo así.

—En eso estamos de acuerdo —dijo ella, con la respiración acelerada.

—Entonces, ¿quizá podríamos dejar de ser tan dramáticos?

—Cuando dejes de comportarte como un fanfarrón.

Él arqueó las cejas.

—¿Qué quieres decir con eso?

—Que estás comportándote como un idiota. O peor.

—Nadie se dirige a mí de ese modo —dijo con tono firme.

—Y ninguna persona que sepa cómo tratar a la gente educada se dirige a la gente de la manera en que tú te has dirigido a mí —dijo ella.

—Paso mucho tiempo alejado de gente educada.

Ella se cruzó de brazos.

—Es evidente.

—Nuestra discusión ha terminado.

—¿Y la cena?

—Estoy pensando que la tomaré en mi habitación. O en la prisión del enemigo. Cualquier opción es preferible.

—Tú...Tú...

—Abriré una cuenta a tu nombre. Recibirás un sueldo generoso. Mañana daré una rueda de prensa —de pronto se puso tenso—. No sacaremos a Aden, pero estará en el salón pequeño con los periodistas que tengan pases especiales. Tú lo tendrás en brazos durante la entrevista pero no hablarás.

—¿No hablaré? —repitió ella con incredulidad.

—No te van a preguntar nada sobre la Teoría de Cuerdas, así que no hará falta que hables. Ahora, puedes marcharte.

–¿Puedo marcharme?

–No paras de repetir lo que digo. Pierdes el tiempo.

–No puedo creer que hayas dicho que puedo marcharme.

–No querías venir a cenar conmigo y ahora ¿te quejas por no tener que hacerlo?

–Increíble.

–Estoy de acuerdo.

Chloe colocó las manos sobre las caderas.

–No creo que estemos de acuerdo en la misma cosa.

–Seguramente no.

–¿Al menos podré cenar en mi habitación?

–No. Te daremos pan y agua. O nada. Igual que al resto de mis empleados. ¿No sabías que aquí en el desierto somos bárbaros?

–Habla en serio.

–Lo digo en serio. Ten cuidado o quizá te despiertes encadenada a la pata de mi cama.

Chloe lo miró a los ojos y se quedó cautivada. De pronto, sintió como si una incontrolable atracción se hubiese apoderado de ella y no le permitiera mirar hacia otro lado.

Y, de repente, la imagen que él había evocado apareció en su cabeza. Ella atada a la cama, delante del cuerpo musculoso del hombre que la miraba. Indefensa, a merced de un hombre que no poseía ni una pizca de ternura.

Al instante, una intensa aprensión hizo que volviera a la realidad.

–Eres despreciable –soltó Chloe.

–Quizá lo sea –dijo él–. Me han llamado muchas cosas, y no es inconcebible que alguna sea verdad. Es muy probable que la mayoría lo sean.

–¿No te molesta?

–¿Y por qué ha de importarme lo que piensen los demás? Me crearon para conseguir resultados, sin importar las consecuencias. No me formaron para que me ganara la aceptación de la gente, sino para mantener a salvo al pueblo. Mediante los medios necesarios. El coraje para hacerlo no proviene de un bonito lugar. Maldita sea mi imagen. No vale nada.

–Pero tú... Ahora eres el líder. Tu trabajo no es el mismo que el de antes.

La mirada de sus ojos negros se volvió de hielo.

–Estoy solo para salvar la situación. Me quedaré hasta que Aden pueda ocupar su puesto. Ni un momento más.

–¿Y qué pasará con Aden? Tú serás su familia más cercana. ¿Intentarás al menos ser decente, por su bien?

El rostro de Sayid se ensombreció.

–Lo mejor para Aden sería que yo permaneciera bien alejado de él. Y eso es lo que pienso hacer.

Capítulo 4

CÓMO no se dio cuenta de que el niño había sobrevivido?

Sayid tragó saliva y miró a la multitud que esperaba una explicación acerca de cómo era posible que hubieran encontrado a un heredero que creían había fallecido.

Un sudor frío inundó su frente y humedeció su espalda. Era ridículo. Había estado a punto de morir y no había sentido nada. Había visto hombres armados, había evitado minas en los campos de batalla, y no había sentido nada. Ni duda ni temor. Sin embargo, al mirar a los periodistas, sintió que algo comenzaba a romperse en su interior.

No le gustaba hablar en público. No era un hombre de palabras.

—Después de la muerte de mi hermano y de su esposa, hubo mucha confusión. El accidente fue... Había mucha gente implicada y no nos informaron de forma inmediata de que la jequesa había permanecido con vida el tiempo suficiente como para dar a luz.

—¿Y esta es la niñera?

—Sí —dijo Sayid, mirando a un punto de la pared de detrás para no mirar a Chloe ni al pequeño bulto que tenía entre sus brazos—. Chloe hizo lo que le ordenaron. Proteger al heredero de Attar.

—Una verdadera heroína —dijo una periodista.

Sayid asintió, tratando de encontrar algo que decir.

–Chloe puso en riesgo su propia seguridad para proteger al niño. Sin duda es una heroína.

–¿Y cuándo podrá el heredero ocupar el puesto de gobernador? –preguntó otro periodista.

Sayid apretó los dientes, tratando de contener la hostilidad que bullía en su interior. Anhelaba la sensación de libertad que le ofrecía el desierto. El calor del sol y su cualidad purificadora.

Se sentía como si le costara respirar, como si la estancia se hiciera cada vez más pequeña.

–Debe alcanzar la mayoría de edad antes de poder gobernar.

–Entonces, ¿se sobreentiende que usted se encargará de los asuntos nacionales hasta entonces, Jeque? –preguntó un periodista, conocido por su tendencia antigubernamental.

–No hay nadie más –dijo Sayid–. Si no hay más preguntas, hemos terminado –se bajó de la tarima y se acercó a Chloe. La agarró del codo y la guio fuera de la sala de prensa–. Los guardas de seguridad se asegurarán de que los periodistas se hayan marchado dentro de quince minutos. No quiero que vean hacia que ala del palacio nos dirigimos.

Chloe lo miró y él se fijó en que su mirada transmitía tranquilidad. Era extraño porque él se sentía como si un monstruo viviera en su interior, y ella, a pesar de que acababa de pasar por la misma situación, parecía no estar afectada.

–Sabes mucho acerca de la seguridad.

–Ese comentario demuestra tanta inteligencia como si yo te hubiera dicho que sabes mucho sobre moléculas. Es mi deber. Es lo que soy.

–Trataba de hacerte un cumplido –dijo ella–, no volverá a suceder.

–En cualquier caso, me da igual.

–Eres un hombre frustrante.

–Tú tampoco eres la mujer ideal, pero aquí estamos.

–Eres... –se sonrojó y su mirada se llenó de rabia. Él se sintió satisfecho al ver que ya no estaba tan tranquila–. Eres un idiota.

–Lo dices como si creyeras que vas a ofenderme. Como si pudiera cambiarlo. Creo que no lo comprendes, Chloe, esto es todo lo que soy.

Ella pestañeó y él se percató de que estaba disgustada. Eso le gustaba menos que el que estuviera tranquila.

–Tengo que irme a estudiar.

–Y yo estoy seguro de que Malik querrá que firme algunos documentos. Creo que le divierte que esta situación me incomode.

–¿Te veré hoy otra vez?

Él negó con la cabeza.

–No creo. No solicitarás mi presencia, ¿verdad?

–No creo – dijo ella, repitiendo sus palabras.

–Bien –dijo él–, entonces, cada uno a sus quehaceres.

Sayid se volvió y se dirigió a su despacho. Una tumba para los vivos, a su parecer. Le había dicho a Chloe que el palacio era preferible a una prisión. Ese día, lo dudaba.

–¿Tan pronto? Pero si me prometiste un respiro.

Sayid miró a Chloe, que estaba sentada en su escritorio, y se fijó en su cabello rojizo recogido en un moño y en las gafas negras que ocultaban sus ojos.

–¿Un respiro de qué?

–De tu presencia. Estoy estudiando –miró de nuevo a la pantalla del ordenador y él se fijó en que se había sonrojado.

Sayid tardó un instante en asimilar lo que eso significaba, pero su cuerpo ya había reaccionado.

No debía sentir nada por ella. Y menos, reaccionar por el hecho de que se hubiera sonrojado.

Era una mujer irritable. Como poco. Si él intentara insinuarse, ella lo fulminaría con la mirada.

Era extraño porque ella podía ser ingeniosa, la prueba de un sentido del humor agudo y una mente brillante. También era cariñosa con Aden. Pero si él traspasaba la barrera imaginaria que ella había construido alrededor de sí misma y del pequeño príncipe, lo atacaría.

Recordó cómo la había agarrado del brazo cuando ella intentó golpearlo, y cómo la había estrechado contra su cuerpo.

No. No debía sentir nada por ella. Pero la rueda de prensa lo había dejado sin barreras. Tenía grietas en la coraza y debía repararlas. El control y los escudos impenetrables eran herramientas esenciales en su arsenal, pero no funcionaban durante las conferencias de prensa. Ni cuando se dirigía a su pueblo. Los titulares sobre él no eran favorables. Carecía de carisma, de empatía.

Pero no sabía cómo se suponía que debía desempeñar su nuevo rol sin olvidar aquello que su tío le había inculcado a la fuerza. Cosas que sabía eran cuestión de vida o muerte.

Hizo un esfuerzo por recuperar el control de su cuerpo.

—Lo siento —dijo él—. Hay una celebración en la calle en honor de Aden. En tu honor.

Ella se quitó las gafas.

—¿En mi honor?

—Sí. En tu honor —Chloe era la persona que había dado una pizca de esperanza al pueblo de Attar desde la muerte de Rashid. Desde que Sayid asumió el trono—. Eres la salvadora del heredero de Attar. E indirectamente, la salvadora del país. Mi pueblo quiere celebrarlo.

—Excepto que... No soy la salvadora de nada. Has mentido.

–¿De veras? –miró fijamente sus ojos azules.

–Sí. Has mentido. Hablaste como si yo lo hubiera salvado de las garras de la muerte o algo así, y parece que los periodistas te han creído.

–Lo escondiste hasta que ya no pudiste esconderlo más, y sé que tu intención era protegerlo, así que la esencia de la historia sigue siendo la misma. Si yo hubiera tenido que darte instrucciones acerca de su seguridad, si hubiésemos sospechado del accidente, te habría dicho lo mismo. Que lo escondieras hasta que estuviéramos seguros de que estaría a salvo.

–Actué así, más por impulso que por cualquier otra cosa.

–Y por miedo a mí –dijo él.

Ella se puso en pie y arqueó la espalda. Sus senos redondeados se marcaban a través de la tela de su blusa. Él no pudo evitar fijarse en ellos. Era un hombre al que le gustaban las mujeres, y que disfrutaba del sexo. Pero no saciaría su deseo hasta que fuera el momento adecuado. Y con la mujer adecuada. Aquel no era el momento adecuado. Y ella no era la mujer adecuada.

Se fijó en que Chloe tragaba saliva y deseó besarla en el cuello.

–¿Y puedes culparme por ello? –preguntó Chloe–. El ansia de poder es el motivo de la mayor parte de las atrocidades que se cometen en la vida.

–Quizá, pero este no es el tipo de poder que yo deseo –gesticuló para señalar el palacio.

Ella pestañeó.

–¿Y qué tipo de poder deseas?

–Es fácil. No deseo nada.

–Eso es imposible.

–Desear algo, en mi situación, sería peligroso. Resultaría fácil abusar.

Ella arqueó una ceja con incredulidad. Él bajó la mirada y se fijó de nuevo en las curvas de su cuerpo.

–Todo el mundo desea algo –dijo ella.

–Yo estoy por encima de todo eso.

Le resultaba casi imposible mantenerse alejado de ella. Habían pasado muchos meses desde que había estado con una mujer por última vez, el tiempo y las circunstancias no se lo habían permitido y comenzaba a sentir el efecto del celibato. Pero no era el momento de solucionar aquello y, desde luego, no con ella.

–Tienes una opinión muy buena de ti mismo.

–Soy un jeque. Espero tener cierto poder, por derecho de nacimiento. Nunca fui el heredero, pero siempre he sido un líder. No pido nada. Lo exijo y lo consigo.

Una mentira. Durante toda su vida, cada vez que exigía algo que a su tío no le parecía bien, se lo habían negado. O se lo habían retirado de forma despiadada.

Durante años, le habían prohibido cualquier muestra de arrogancia, dejando su verdadero ser al desnudo. Un hombre, simplemente un hombre. Sin ninguna defensa aparte de las barreras que había construido para proteger sus sentimientos. Eso lo había ayudado a ser más fuerte, a emplear todo lo que su tío le había enseñado y a utilizarlo como escudo contra aquellos que trataban de destrozarlo.

–Soy la máxima autoridad –dijo él.

–Ya veo. ¿Necesitabas algo o solo querías informarme de la celebración?

–Sí –dijo él, tratando de controlar la atracción que sentía hacia ella–. He venido a invitarte a la ceremonia.

Por supuesto, que la hubiera invitado significaba que estaba obligada a ir. Aden estaba acostado en el palacio al cuidado de dos de sus niñeras.

Chloe se puso el único vestido que le quedaba bien, debido a su nueva silueta, y subió a la limusina de Sayid. Una vez dentro del vehículo, se sintió atrapada. Eso indicaba el efecto inquietante que él tenía sobre ella.

Todo ese poder y la manera de disfrutarlo. Era evidente que Sayid se sentía cómodo con él y que lo necesitaba. Y ella se preguntaba qué pasaría si se lo negaran.

¿Qué sería capaz de hacer para recuperarlo?

¿Lo recuperaría a base de emplear los puños con alguien más débil que él? ¿Lo encontraría en las súplicas de una mujer? ¿O en disponer de la vida o la muerte de alguien más débil que él?

Su padre lo había hecho. Y aunque sabía que no todos los hombres eran maltratadores, los hombres que ansiaban el poder, los dominantes, hacían que se dispararan sus alarmas.

Y Sayid estaba provocando un extraño efecto sobre ella. Un efecto inquietante. En su presencia, se le formaba un nudo en el estómago y le costaba respirar. Estaba segura de que era una advertencia de su cuerpo.

–¿Ves la esperanza que tienen? –el tono de Sayid era sorprendentemente suave.

Chloe miró por la ventana. La gente de la calle llevaba flores en las manos, como homenaje al jeque fallecido y a su esposa. También, como regalo al nuevo príncipe. La expresión de su rostro mostraba el amor que sentían hacia el país.

–Sí –dijo ella, con un nudo en la garganta.

Sayid permaneció sentado con las manos en el regazo. La gente los saludaba, pero él no devolvió el saludo. Chloe bajó la ventana de la limusina, esperando que Sayid la regañara, pero él no dijo nada.

Sacó la mano por la ventana y saludó. La gente comenzó a sonreír y a gritar con júbilo. Ella miró a Sayid, confundida.

–Eres la mujer que ha salvado a su futuro gobernador –dijo él–. Te quieren.

–Es extraño que te quieran por algo que no has hecho.

–Pero lo salvaste –dijo Sayid, con tono extraño–. Lo llevaste en tu vientre y lo diste a luz. Tú eres el motivo por el que está vivo.

–Si no hubiese sido yo, habría sido otra.

–Pero fuiste tú.

Así había sido. Y, desde entonces, su vida se estaba desmoronando poco a poco. Tenía un plan perfecto y estaba contenta con él. Sin embargo, había cambiado para siempre. Hubo un tiempo en el que la idea de convertirse en la doctora Chloe James le proporcionaba toda la satisfacción que podía esperar de la vida. Se imaginaba dando clase sobre temas que le encantaban y desarrollando nuevas teorías. Hubo un tiempo en el que todo eso era más que suficiente.

Pero todo había cambiado, porque para tener eso tenía que sacar a Aden de su vida. Y esa idea le provocaba un fuerte dolor en el pecho que no conseguía calmar.

Por supuesto, no podía quedarse en Attar. No podía trabajar en el palacio para siempre.

Así que solo le quedaba tratar de satisfacer el sueño que había tenido desde los trece años. Y eso significaba abandonar algo demasiado importante.

Había cambiado por completo. Y lo odiaba. Sin embargo, no sentía resentimiento hacia Aden. Hacia la vida que había comenzado en el interior de su cuerpo.

Era mucho más fácil canalizar ese resentimiento hacia Sayid.

–El pueblo necesita un símbolo –dijo él–. Yo no lo seré. No ofrezco esperanzas de futuro. Tú... Tú les das esperanza.

–Aden –lo corrigió ella.

–Sí, Aden. Pero tú también. Por haberles traído a su rey. Te arriesgaste a sufrir mi ira para salvarlo y, créeme, mi ira es famosa.

–No pensé que me costaría tanto –dijo ella.

–¿Y no mereció la pena? –preguntó él, como si tuviera derecho a juzgarla.

La rabia se apoderó de ella otra vez. Normalmente era capaz de mantener mejor el control, pero Sayid la provocaba.

–Tú... Tú... –metió la mano dentro del vehículo–. ¿Puedes sentarte ahí y comportarte como si fueras superior a mí? Tienes el poder de movernos a Aden y a mí como si fuéramos los peones de un ajedrez y, sinceramente, lo has hecho desde que entraste en mi apartamento. Y, después, te permites decir cosas como esa. Como si todo estuviera muy claro y yo tuviera la obligación de saber exactamente lo que siento, lo que he de decir y lo que quiero. Para ti es fácil. Tienes todo el control. Y además nada te importa. No tienes sentimientos. Por supuesto, todo es fácil para ti. Lo tienes todo muy claro. Pero, al contrario que tú, yo tengo corazón y eso hace que esto sea confuso y doloroso. No te atrevas a suponer que sabes lo que siento cuando no eres capaz de sentir nada.

Cuando terminó de hablar le temblaba la voz y las lágrimas amenazaban con inundar su mirada. Pero consiguió controlarlas. No pensaba permitir que él viera lo vulnerable que se sentía. Lo cerca que estaba de derrumbarse.

Sayid la miró, con expresión imperturbable. Estaba impasible. Era un hombre de piedra y no de carne y hueso.

–¿Fácil? –preguntó por fin–. ¿Crees que esto fácil? Míralos, Chloe. Poniéndome en lo mejor, me temen, y en lo peor, se avergüenzan de tener a un hombre como yo en el poder. Un hombre violento. Esto no tiene nada de fácil.

—Siempre pareces tranquilo.

—Estoy entrenado para ello —permaneció en silencio un instante—. Y te equivocas en otra cosa.

—¿En qué, Sayid?

—No considero que Aden sea un peón. Es el rey, y haré todo lo que esté en mi poder para protegerlo.

—¿Y respecto a mí? —preguntó ella.

—Todo lo demás es casual —dijo él—. La vida es una guerra y lo único que importa es hacer jaque mate. Y no cuántas piezas se pierden por el camino. Si al final el rey no sigue en pie, todo está perdido —la miró fijamente, provocándole una aterradora sensación en el estómago—. El resto de personas, y todo lo demás, es prescindible.

Capítulo 5

DURANTE las dos semanas siguientes, Sayid no estuvo por allí. Y Chloe lo agradeció. Sus palabras crueles la habían puesto en guardia.

No era más que un peón para él. Y, si el escándalo salía a la luz, estaba segura de que él la enviaría de regreso a Portland. Y no estaba preparada para separarse de Aden.

Todavía no.

Le quedaban seis meses para estar con él y pensaba aprovechar cada momento. Grabarlo en su memoria para recordarlo siempre.

Cerró los ojos un instante e imaginó su clase llena de estudiantes dispuestos a aprender. Pero ella no podía dejar de pensar en Aden. Y en si lo abrazarían y lo querrían lo suficiente.

Se separó de la pantalla del ordenador y se quitó las gafas. Después se acercó a la habitación del pequeño. Estaba dormido y sabía que no debía tomarlo en brazos, pero necesitaba sentir el lazo que se había creado entre ellos desde el momento en que lo sintió moverse en el interior de su vientre. Se agachó y sacó a Aden de la cuna. El bebé se quejó y se acurrucó contra su pecho.

«Eres la única persona a quien tiene», pensó. Sabía que Sayid no cuidaría de él con afecto y que tampoco lo besaría cuando se hiciera daño. Lo cuidarían las empleadas.

No podía permitirlo.

Y aunque no quería abandonar sus sueños ni alejarse de su vida en Portland, podría hacerlo.

Lo único que no podía hacer era alejarse de Aden.

–Sayid, necesito hablar contigo.

Sayid levantó la vista y vio a Chloe junto a la puerta. Iba con un pantalón negro, una blusa blanca y una chaqueta de traje, que le quedaba un poco estrecha.

Él había pensado en pedir que le enviaran un vestuario nuevo pero no había tenido tiempo. Especialmente porque había estado muy ocupado evitándola.

–Hace demasiado calor para llevar esa ropa –dijo él.

–Sí –dijo ella, pasándose la mano por la frente–, pero es la adecuada para una reunión.

–Has pedido una reunión con el jeque, ¿no es así? –Sayid apoyó las palmas de las manos sobre la mesa–. Muy optimista. Estoy muy ocupado.

–Está relacionado con el rey –dijo ella, con un tono helador.

El cuerpo de Sayid reaccionó al oír su voz. La atracción que sentía por ella era inexplicable. Le gustaban las mujeres obedientes y sumisas. Las mujeres que solo necesitaban un par de horas de su tiempo y que les provocara el orgasmo. Nada más.

El sexo era algo rutinario para él. Otra necesidad que trataba de cubrir. No ese deseo que sentía y que comenzaba a convertirse en sufrimiento.

–Entonces, habla, pero date prisa.

–Ya no me parece bien quedarme aquí seis meses –dijo ella.

–¿Aden te interrumpe el ritmo de estudio? –preguntó Sayid tratando de mantener la calma. No sabía por qué se había enfadado tanto al oír las palabras de Chloe. No comprendía por qué se había permitido sentir.

Lo tenía todo organizado para el cuidado de Aden. Chloe solo era algo ocasional. No la necesitaba, ni Aden tampoco.

Sin embargo, la idea de que ella pudiera ser tan insensible como para abandonar a su bebé... No. No era su bebé. Era el bebé de Rashid y Tamara. Chloe no tenía motivos para quedarse y él debía recordarlo.

—Ni mucho menos —dijo Chloe, sorprendiéndolo con su respuesta.

—No voy a discutir contigo, Chloe. Fuiste tú la que pidió venir, si ahora quieres marcharte tienes la puerta abierta. A Aden no le faltará nada. Teniendo en cuenta que no tienes experiencia cuidando bebés, dudo que Aden vaya a echarte de menos.

—¿Eso es lo que piensas?

—Sí —contestó él, mirando los documentos que tenía sobre la mesa—. ¿Quieres que prepare el jet privado para llevarte de regreso a los Estados Unidos?

Ella respiró hondo.

—No, de hecho, lo que intento decirte es que seis meses no me parece tiempo suficiente. Necesito más.

—¿Cuánto más necesitas? —preguntó él.

—Nunca tendré suficiente —dijo ella—. Creía que si esperaba empezaría a echar de menos el futuro que siempre había imaginado para mí. Y aún me gustaría tener ese futuro, pero ya no es lo más importante. Y por mucho que intento hacer que se convierta en mi prioridad, no lo consigo.

—¿A qué te refieres? —preguntó con impaciencia.

—A Aden —dijo ella— No sé qué estoy haciendo con él pero sé que no puedo dejarlo. Ni dentro de seis meses, ni nunca. Intento ser racional y pensar que no es mi hijo. Intento convencerme de que me he esforzado mucho como para arriesgar mis estudios de postgrado pero...

—¿Qué es lo que propones?

–Quedarme.

–¿Durante cuánto tiempo?

–Para... ¿Para siempre?

–¿Pretendes quedarte en el palacio para siempre?

–Te aseguro que no es lo ideal. Me gusta mucho más el clima de Portland y allí es donde estudiaba. Echo de menos los árboles... Maldita sea... Pero no tanto como echaré de menos a Aden si me separo de él. No puedo marcharme.

–¿Eso es lo que quieres?

Chloe negó con la cabeza y miró al suelo.

–Ya no sé lo que quiero. He pasado la mayor parte de mi vida queriendo una cosa y ahora ya no significa tanto para mí. No sé lo que quiero. Solo sé de qué cosas puedo prescindir y de qué cosas no.

–¿Y cómo se supone que voy a explicarle al mundo que la niñera que salvó la vida de Aden no puede soportar la idea de separarse de él?

–Es posible. Ya sabe cómo somos las mujeres con eso de las emociones y otras tonterías que los jeques no podéis soportar.

–Existe la posibilidad de suscitar sospechas y eso es algo que no nos podemos permitir.

–¿Por qué? –preguntó ella. Se sentía vulnerable y sabía que él lo notaría, y que podría aplastarla emocionalmente si se lo propusiera.

–Sabes por qué –dijo él–. No se trata solo de conservar el recuerdo de Rashid y Tamara, también de que Aden nunca pierda su derecho al trono. La prueba del ADN es correcta, pero ¿te imaginas lo que pensarían los ciudadanos más conservadores del país acerca de que tú hayas llevado en el vientre al hijo de la jequesa? Si se considerara hijo ilegítimo, o el producto de algo artificial, la imagen del futuro rey se vería comprometida y eso no podría permitirlo.

–Protegerás al rey a toda costa –dijo ella.

–De otro modo, el juego está perdido.

Chloe respiró hondo y añadió:

–Tiene que haber una manera. Tiene que haberla...

–El acuerdo eran seis meses, Chloe. No puedo garantizarte más tiempo.

–Ya veo –contestó ella.

–No es mi intención hacerte daño, pero tengo que pensar en Attar. En Aden.

–Yo estoy pensando en Aden.

–En cierto sentido, sí. Pero yo estoy pensando en su futuro como gobernador, no en la necesidad de que alguien lo acueste por las noches. Estoy pensando en lo esencial.

Ella quería discutir acerca de que era esencial que alguien acostara al pequeño por las noches. Al menos, pensaba que así era. Su madre siempre había estado demasiado ocupada con un marido que la maltrataba como para ocuparse de su hija. Y su padre... Ella se había alejado de él desde muy pequeña, cuando su instinto de supervivencia le indicaba que él era un depredador que consideraba presas a las personas más débiles. Chloe se había refugiado en su mundo interior, y allí había encontrado el consuelo que nadie podía proporcionarle físicamente.

Pero suponía que era algo esencial. Que podría ser maravilloso.

–La vida consiste en algo más que el deber –dijo ella.

–No cuando se pertenece a la realeza, *habibti*. Porque la felicidad y el futuro de millones de personas dependen de uno. Los miembros de la realeza son las personas más importantes de un país, y al mismo tiempo, las menos. Ya que deben de darlo todo para servir al pueblo.

Chloe sintió un nudo en el estómago.

–No deseo tal cosa para él.

–Es para lo que ha nacido.

–Lo sé.

–Entonces no puedes interponerte en su futuro –comenzó a leer los documentos y ella supo que había terminado la conversación.

Ella tampoco tenía nada más que decir. Por el momento. No pensaba abandonar la idea. Sabía que estaba haciendo lo correcto al pedir quedarse junto a Aden. Y seguiría insistiendo. Por muy violenta que se volviera la situación. Sabía cómo protegerse, cómo evitar llegar a volverse loca. A pesar de todo lo que había sucedido en su casa cuando era pequeña, había conseguido sacar buenas notas en el colegio. Había aprendido a aislarse, a ignorar aquello que parecía imposible y a encontrar la manera de solucionarlo.

Los únicos absolutos existían en el mundo científico, y ella se dedicaba a descubrirlos. En todo lo demás, había espacio para la negociación.

Se volvió y salió del despacho de Sayid. Había terminado de hablar con él hasta que tuviera un plan. Y en cuanto lo tuviera, pobrecito de él si pensaba que podría controlarla con tanta facilidad.

Habían pasado varias horas desde el enfrentamiento que había tenido con Chloe y Sayid había pasado el tiempo leyendo los artículos que se habían escrito sobre Aden y las circunstancias de su nacimiento. Y los artículos escritos sobre él. Sobre la incertidumbre, las dudas acerca de su capacidad para hacer algo más aparte de emplear la fuerza bruta para conseguir resultados.

Chloe James era considerada una heroína. La mujer que se había arriesgado a sufrir la ira de la familia real que quedaba con vida para asegurar el bienestar del niño milagro.

También especulaban acerca de quién iba a criar al heredero. Se rumoreaba que habían contratado a un equipo de niñeras para cuidar del niño. Y había preocupación acerca del tipo de influencia que Sayid podría tener sobre el pequeño. Sobre si podría mostrarle a Aden algo más aparte de la frialdad que había mostrado ante los periodistas.

Él era el símbolo de la fortaleza de Attar. De su inflexible postura ante sus enemigos. Y el país lo sabía. Él había promocionado aquella imagen de tal modo que hasta su propio pueblo lo temía.

Los periodistas querían una familia para su querido príncipe. Una familia que rellenara el vacío que habían dejado Rashid y Tamara. Y estaban seguros de una cosa: Sayid no podía rellenar ese vacío.

«Pero Chloe James podría», pensó él.

A pesar de que no era una mujer muy maternal, mostraba un gran afán protector. Además, el pueblo la consideraba la salvadora de Aden, y por extensión, también la de ellos.

A pesar de que el hecho de que Rashid hubiera fallecido había sido algo muy duro, todavía era más desalentador el hecho de que fuera Sayid quien tuviera que gobernar. Por todo el palacio se rumoreaba acerca de lo incompetente que era. Y de lo mucho que lo había afectado todo el tiempo que había pasado alejado del palacio, como prisionero de guerra.

El deber del segundo hijo era servir al país. No solo como soldado, sino como estratega militar. A los segundos hijos se les enviaba a aprender fuera, a cultivar la fortaleza y la resistencia. Los segundos hijos no podían ser tratados con afecto o delicadeza.

La empatía era un rasgo necesario para ser un líder, pero no para un guerrero.

Sayid se había criado casi toda su infancia con su tío, el segundo hijo de su familia. Un hombre que había visto cosas que ningún hombre merecía haber vivido. Un hombre que había conseguido mantenerse cuerdo y que había hecho todo lo posible para asegurarse de que Sayid fuera lo bastante fuerte como para hacer lo mismo.

«Eres un símbolo para el país, Sayid. Un ideal. Un ideal nunca deber permitirse el fracaso, ya que, si no, todos los que han confiado en él fracasarían también».

Así que se había convertido en algo más que en un hombre. Y al hacerlo había perdido toda su humanidad. Algo que ya no le importaba. Para eso era necesario tener sentimientos. Y él ya no los tenía.

Había sido Kalid el que le había arrebatado la última pizca de ternura que quedaba en su interior, el que le había dado motivos para que la sacara de su pecho por sus propios medios. En aquel entonces, le había parecido una crueldad. Un dolor inmenso. Pero el hombre le había mostrado su propia debilidad y por qué no debía permitir que permaneciera en él.

«Mira cómo tu debilidad te traiciona», recordó sus palabras.

Así que él había erradicado todo sentimiento, la empatía, el amor, el dolor que había en su pecho, dejándolo vacío. Pero protegido. Y protegiendo al resto.

Pero Aden había nacido para ser un líder. Sus requisitos eran diferentes. Sus necesidades también.

Sayid no podía proporcionar amor, ni apoyo emocional, al futuro heredero de ese país.

Agarró uno de los periódicos que tenía sobre el escritorio. Uno en cuya portada aparecía Chloe detrás de él, con el bebé entre sus brazos envuelto en una manta.

Se habían colocado tal y como la familia real lo habría hecho para una rueda de prensa, con ella a su derecha, justo detrás de él, y con el niño a su cuidado.

No podían haberlo hecho mejor si hubiesen querido aparentar que eran una familia.

Su cerebro comenzó a funcionar con agilidad. Convertir los problemas en soluciones era una gran parte de lo que hacía en su vida, el modo de mantener a salvo al pueblo. Y sí, había fallado en alguna ocasión, pero había prometido que no volvería a fallar nunca.

Unas horas antes, el hecho de que Chloe James deseara quedarse en Attar suponía un problema. De pronto, una sonrisa que nada tenía que ver con la felicidad, se formó en sus labios.

Sabía cómo convertir a Chloe en una solución.

Capítulo 6

LA ESTRATEGIA era muy importante cuando se trataba de librar una batalla con el enemigo. Independientemente de si el enemigo era un supersoldado o una mujer menuda y pelirroja a la que le gustaban las pizarras blancas.

Sí, la estrategia siempre era importante.

Sayid miró la habitación y la estantería llena de libros de Física y otras ciencias. También había una mesa grande para esparcir el material y un escritorio con un ordenador portátil enchufado a un monitor grande. Y pizarras blancas. Un punto clave en su estrategia.

Aunque la decoración del resto de las habitaciones del palacio era al estilo antiguo, esta era moderna y tenía la tecnología que Chloe necesitaba.

Básicamente, Sayid lo había hecho para facilitar las cosas. Sabía cuál iba a ser la respuesta de Chloe. Sobre todo porque ya le había dicho lo importante que era para ella poder quedarse.

—¿Querías verme?

Chloe entró en la habitación y miró a su alrededor.

—Sí —contestó él.

—¿Para hablar de qué?

—De tu petición.

—¿La que rechazaste sin más?

—La misma. He tenido algún tiempo para reconsiderarla.

Ella entrelazó las manos. Estaba muy pálida y su aspecto era delicado. Pero su mirada era poderosa, como de acero, una fortaleza que él había subestimado. Un error. Ella había mostrado su coraje. Su manera de cuidar de Aden y la forma en que lo había ocultado para garantizar su seguridad.

Sayid había considerado los sentimientos de Chloe como una muestra de debilidad, pero eran una muestra de poderío. Aun así, su manera de preocuparse por Aden la dejaba a su merced, y él no dudaría en aprovecharse de ello para conseguir lo que deseaba.

–¿Y la has reconsiderado? –preguntó ella.

–Resulta que sí.

Ella se quedó paralizada durante unos instantes.

–¿De veras?

Él asintió.

–Tenías razón. Aden necesita más de lo que yo puedo ofrecerle. Yo no voy a pasar tiempo con él. No soy el tipo de hombre que jugaría a la pelota con un niño en el jardín. Ni voy a emocionarme al ver unos dibujos mal hechos. Tampoco voy a colgarlos en mi despacho, así que no voy a ofenderte fingiendo que soy de otra manera.

–¿Se supone que, de alguna manera, esto va a ser alentador?

–Me he dado cuenta de que necesitaremos tu ayuda para criar a Aden –dijo él, acercándose a ella.

Chloe sintió que le temblaban las piernas y se agarró al respaldo de una de las sillas.

–Eso está bien.

–Pensé que estarías de acuerdo.

–Por supuesto que lo estoy, yo lo sugerí.

–En cierto modo sí. Pero la situación y las preocupaciones que te mencioné antes no han cambiado. Si queremos asegurarnos de que la historia sobre el nacimiento de Aden permanece intacta, hay ciertas precauciones que tenemos que tomar.

–¿Qué clase de precauciones? –no le gustaba el tono que había empleado Sayid. Hablaba con tranquilidad pero había algo turbio en su manera de dirigirse a ella.

Y odiaba que eso le resultara atractivo, a pesar de que sabía cuál podría ser el resultado. Por eso siempre había evitado a los hombres y nunca había mantenido una relación.

–Los periodistas han dejado claro que no me consideran adecuado para criar a Aden. Ni Rashid ni yo nos criamos con nuestros propios padres. Rashid un poco más que yo. Yo apenas viví en el palacio, y mi tío Kalid fue quien se responsabilizó en mayor medida de mi crianza. Sin embargo, Rashid se casó con una mujer occidental. Una mujer que había empezado a cambiar la manera en que se hacían las cosas, acabando con las formalidades sociales que habían existido durante mil años. Y a nadie le importó verlas desaparecer.

–Tamara nunca habría permitido que retiraran a Aden de su lado, y mucho menos que se lo llevaran del palacio y quedara al cuidado de las empleadas.

–Exacto.

–Por ese motivo es muy importante para mí quedarme aquí. Para cumplir sus deseos.

–Con todos mis respetos hacia mi difunta cuñada, por quien, aunque te cueste creerlo, sentía gran admiración, no son sus deseos los que me preocupan.

–¿No?

–No. ¿Has visto lo que han escrito sobre mí? –preguntó él.

–¿Quién?

–Los periodistas. En Attar y en el mundo. ¿Lo has visto?

–No.

–Dicen que soy un hombre sin corazón. Un hombre sin talento para las negociaciones. Un hombre que hará que Attar se convierta en poco más que en un país militar, carente de la diplomacia que es tan esencial en estos tiempos. Me odian, Chloe. Y, en esas circunstancias, ¿cómo voy a gobernar?

–Quizá deberías sonreír más.

Sayid puso una sonrisa exagerada.

–¿Esto me ayudaría?

–No. Sigues sin parecer muy simpático.

–No puedo continuar.

–Creía que no te preocupaba tu imagen.

–Y así es, pero si esto continúa, si el mundo comienza a ver nuestras discrepancias, nos volveremos vulnerables. Hemos de mostrarnos como un frente unido ante nuestros enemigos. Si no, los países fronterizos se aprovecharán de nuestra debilidad y nos verán derrumbarnos.

–¿Y qué propones? –preguntó ella, consciente de que no le iba a gustar la respuesta.

–Pienso hacer una propuesta –dijo él, esbozando una sonrisa que nada tenía que ver con la felicidad.

–¿Qué quieres decir?

–Es muy sencillo, Chloe James. Tengo intención de tomarte como esposa.

Chloe se sintió como si le hubieran dado un puñetazo en el estómago.

–¿Qué?

–No como una esposa de verdad. Se trata de ofrecer la imagen de familia al pueblo. Si se supone que tengo que criar a Aden como si fuera hijo mío, mi esposa tendrá que tratarlo como si fuera su madre de verdad. Tú quieres quedarte, quieres hacer ese papel, y yo te ofrezco la oportunidad.

–¿Pero quieres que me case contigo?

–No quiero casarme contigo, quiero proteger a Aden y darle al pueblo lo que espera, una imagen que les proporcione tranquilidad.

Chloe sintió que se le aceleraba el corazón. Lo sabía todo acerca del matrimonio. Sobre la dinámica entre esposos. Sobre lo que hacían los hombres cuando consideraban a sus mujeres como su propiedad.

También sabía que no todos los hombres eran maltratadores. Que no todos los matrimonios estaban marcados por la violencia. Lo sabía, pero en su cabeza era lo único que veía.

La palabra esposo traía a su memoria imágenes de su padre descargando su rabia contra su madre, sin dejar de pegarle patadas mientras ella estaba en el suelo. Y la foto de su boda colgada en la pared de detrás, con la novia vestida de blanco, sonriendo con amor al hombre que después intentaría quitarle la vida.

Esa era la imagen que siempre aparecía en su cabeza, una escena de violencia extrema y sufrimiento.

—No tendremos que permanecer casados para siempre.

—¿Solo hasta que Aden ocupe el trono? —preguntó ella con incredulidad.

—Sí. Solo hasta entonces.

—¿Solo tendré que pasar dieciséis años de mi vida casada con un hombre que ni siquiera me gusta?

—Yo voy a pasar dieciséis años en un cargo que no quiero, hasta que Aden esté preparado para gobernar. Comprendo que este no es tu país, que tu lealtad hacia él no tiene por qué ser igual que la mía. Pero quieres ser leal a Aden, ¿no? ¿Y darle lo que tu hermana deseaba que tuviera?

Chloe sintió que se le partía el corazón en dos. Imaginó su futuro quemado por las llamas, convirtiéndose en cenizas y dispersándose con el viento. Y tenía que permitir que así fuera, porque la otra opción que le quedaba era separarse de Aden.

Y no podía hacer tal cosa.

–¿Y tenemos que casarnos? Soy la hermanastra de Tamara. La tía de Aden. No sería posible que me mudara al palacio solo por esos motivos.

–Durante una temporada, sí. Pero ¿hasta que sea adulto?

–Bueno, yo no considero que a los dieciséis sean adultos...

–En Attar es diferente –dijo él con frialdad.

Si ella se marchaba, Sayid sería la familia más cercana que tendría Aden. Y él no podría darle cariño.

–Solo sería un matrimonio legal, ¿verdad?

Él asintió.

–No tengo deseos de tener esposa. Y es tradición que el matrimonio real duerma en habitaciones separadas.

–Rashid y Tamara no lo hicieron.

–Lo de ellos no era lo habitual. Era una pareja que se quería, y el hecho de que Tamara fuera norteamericana influía en la manera en que hacían las cosas.

–Rashid nunca me pareció un hombre muy tradicional.

–No lo era. Y por eso se sentía atraído por Tamara.

–Pero nosotros...

–Nosotros seremos una pareja tradicional. Además, no se sorprenderán de que te haya elegido a ti como esposa. Has demostrado valentía, y el deseo de proteger a Aden a toda costa. Aquí, el amor no siempre es un factor importante, y menos en los matrimonios de la realeza. Nadie esperará que nos casemos por amor.

Chloe tragó saliva.

–¿Puedo pensármelo?

–Por supuesto –él la miró como si solo necesitara unos instantes para pensárselo.

–No podré pensarlo contigo mirándome.

–Está claro. Lo único que te resulta complicado es la asociación emocional que haces con la idea de matrimonio. Yo no hago esa asociación emocional. Ni con el matrimonio ni con nada más.

—De eso estoy segura. Pero no es solo que... —lo miró y, al ver que él la miraba fijamente, se quedó sin habla.

—Podrás terminar tus estudios. He hablado con el rector de la universidad para decirle que continuarás tus estudios desde Attar, y te he preparado este espacio para que puedas trabajar con facilidad.

La rabia se apoderó de ella, aplastando al temor que padecía y a la extraña atracción que sentía hacia él.

—Que tú... ¿Qué?

—No es necesario que me des las gracias.

—¡No voy a darte las gracias! ¿Has llamado al rector de la universidad? ¿Y les has dicho que voy a terminar mis estudios desde aquí sin consultarme?

—Ya me habías dicho que querías quedarte.

—Y me dijiste que no.

—Y cambié de opinión cuando encontré la solución al problema.

—Pero yo no he aceptado nada.

—Chloe, es evidente que ibas a decir que sí. Tú quieres estar con Aden y esta es la manera más práctica de hacerlo. Es lo mejor. Y la mejor manera de que yo mantenga la nación intacta hasta que Aden ocupe el trono.

—Tú no sabes si voy a decir que sí —dijo ella.

—Sí, lo sé. Y cuando le conté al doctor Schultz que te quedabas porque ibas a casarte conmigo y a convertirte en la jequesa de Attar, se mostró muy comprensivo.

—¿Le has dicho que iba a casarme contigo? —se cubrió el rostro con las manos y comenzó a pasear de un lado a otro—. Creo que me va a dar un ataque.

—No.

—¿Ah, no? Bueno, supongo que tú lo sabrás mejor puesto que parece que sabes perfectamente qué voy a hacer en cada momento. ¿Tienes alguna otra revelación para mí? Oh, poderoso jeque, por favor, cuéntame a mí, una pobrecita mujer débil, mis deseos.

—Chloe, estás exagerando.

—No. Estoy siendo tan dramática como la situación lo requiere.

—¿Qué diferencia hay entre que vivas en una habitación del palacio o que vivas en una habitación del palacio con un título y un certificado de matrimonio? En realidad, para ti, habrá muy poca diferencia.

—¿Es cierto que el matrimonio no significa nada para ti?

—No es más que una formalidad social. Si no hay implicación emocional, ni obligación de fidelidad, ¿por qué ha de significar algo? No quiero una esposa, así que no tendrás que ocupar el puesto. Estarás aquí por Aden, y eso será en beneficio tuyo. Tendrás que asistir a los actos públicos y, eso, será en mi beneficio. Pero no te pediré nada de lo que un hombre pide a una esposa. No necesito que me hagas un hueco en tu cama, ni deseo que me des un hijo.

—Estupendo, porque yo tampoco quiero nada de eso —dijo ella, ignorando la extraña sensación que se apoderó de ella al imaginarse en la cama con él—. No puedo creerte. Eres arrogante y controlador...

—Decidido. Soy un hombre decidido. Me contaste lo que querías y he encontrado una solución que nos beneficiará a los dos. Te sugiero que me des las gracias en lugar de maltratarme verbalmente.

—Creo que tu ego puede soportarlo.

—No tengo ego, Chloe. Veo las cosas tal y como son, y cómo han de ser para que funcionen. No es un asunto de ego, conozco mi lugar en la vida y me aseguro de cumplir con mis obligaciones. Lo haré por Aden cuando seas mi esposa. Y por ti también.

Chloe se sintió como si se estuviera partiendo por

dentro. Como si estuviera perdida en la oscuridad, deseando tener una linterna para encontrar su camino.

Tenía la sensación de que no había un camino correcto. Solo había un camino que no fuera muy doloroso, el camino con el que se encontrara mejor.

Si al menos supiera en qué dirección debía ir a buscarlo. Si elegía regresar a Oregón y continuar con su vida, se alejaría de Aden.

Si se quedaba junto a Aden, iría directa a la guarida del león.

Pero estaría allí, con su hijo.

Tragó saliva para intentar suavizar el nudo que tenía en la garganta y que le impedía respirar con normalidad.

De pronto, vio la luz. Y supo que el único deseo que realmente quería satisfacer era permanecer junto a Aden. Era su prioridad, y si se marchaba de su lado, el dolor y la nostalgia nunca se separarían del amor que sentía por él.

No podría soportarlo. No podía elegir la opción de separarse de la única familia que tenía. Aden era su hijo. Por mucho que genéticamente fuera de otra manera, ella sentía que era hijo suyo de verdad.

—Está bien, Sayid, me casaré contigo —dijo ella, tratando de no atragantarse con las palabras.

Sayid asintió y la miró con frialdad. No había ninguna expresión de victoria en su rostro.

—Arreglaré lo que sea necesario. Cuanto antes nos casemos, mejor.

Se volvió y salió de la habitación, dejándola allí de pie, rodeada de libros y pizarras blancas. Al menos, era un ambiente que le resultaba familiar.

Siempre había temido el matrimonio porque se imaginaba dependiendo emocionalmente del hombre que fuera su marido, tal y como su madre había hecho.

Pero esa no sería su vida. Porque para que un hombre pudiera tener ese poder sobre ella, tendría que amarlo. Y ella no amaba a Sayid. Nunca lo haría.

Además, él nunca sentiría pasión por ella. Era un hombre sin sentimientos y esa era su salvación. Sayid era frío como un témpano de hielo. Y ella lo agradecía.

Mientras no hubiera pasión, no habría peligro.

Capítulo 7

SAYID corrió. La arena quemaba incluso a través de sus zapatos. El sol era castigador.

Se detuvo y miró a su alrededor. No había nada visible en ninguna dirección, la pequeña colina ocultaba el palacio y alrededor, nada. Nada más que un espacio abierto. Arena roja. Sin paredes. Sin rejas.

Aun así, se sentía como si estuviera encadenado por las muñecas, como si alguien le apretara el cuello tratando de ahogarlo. Cada noche tenía pesadillas. Soñaba con que estaba atado. Esperando oír el sonido del látigo, sentir el filo del cuchillo sobre la piel.

Esperando un dolor que no podría mostrar. Ocultando la agonía para que nadie se enterara de lo cerca que estaba de derrumbarse.

Se dobló por la cintura y se abrazó las rodillas para intentar ignorar la sensación de estar atrapado. Normalmente, estar en el desierto de Attar lo ayudada. La amplitud del espacio aliviaba la claustrofobia que invadía su interior.

Pero esa vez no funcionó. Se sentía atrapado, como si no pudiera respirar.

Se sentó sin preocuparse de que la arena quemara sus piernas en aquellas partes que dejaban al descubierto sus pantalones cortos.

Era como si estuviera a punto de estallar, respiraba con dificultad, y sentía una rabia tan fuerte e incontrolable que necesitaba liberarla. Allí. Con el desierto como único testigo.

Sólo allí podía permitirse sentir el aplastante peso que cargaba sobre su espalda desde el nacimiento. Había estado encadenado mucho antes de que lo tomaran como prisionero. Primero por su familia, debido a las expectativas que tenían acerca de que él fuera el responsable de proteger al país. Después, en la celda de la prisión en la que le robaron un año de su vida. Allí había vivido entre basura, lo habían desnudado, y le habían arrebatado todo indicio de poder. Y, posteriormente, le habían arrancado la piel.

Pero cuanto más lo presionaban, más fuertes hacía sus barreras de defensa. Era el símbolo del poder de su nación y no importaba cuánto lo presionaran, porque sabía que nunca se derrumbaría.

Sabía que no podía permitir que los sentimientos, o la debilidad, resquebrajaran sus barreras. La tortura, el cautiverio, estaba creado para soportar ese tipo de cosas. Ese había sido el motivo por el que durante su juventud lo habían destrozado para volver a recomponerlo.

Le habían pegado palizas, y había perdido todo lo que le importaba. En manos de su tío. El único familiar implicado en su vida diaria. Pero había sido necesario.

Después, Rashid había muerto. Y se había añadido otro peso sobre sus hombros. Había tenido que construir más barreras. Y el hombre que era se había adentrado en sí mismo todavía más. Pero ya no le servía para refugiarse, no como durante el tiempo que había pasado con su tío, o en la prisión del enemigo. Ese día sentía que se ahogaba.

En ese momento, la necesidad de liberarse, de gritar en el silencio del desierto, de liberar la tensión que amenazaba con aplastarlo, era sobrecogedora. Pero no podía hacerlo.

Iba a tener una esposa. Y un hijo.

Algo que pensaba que ya nunca tendría. Algo que ya no deseaba.

Otra mujer. Otro momento. Otro bebé. Uno que ni siquiera había podido respirar por primera vez.

Y Sura...

El amor que Sayid había sentido por ella era inaceptable, su manera de perder el control con ella, una debilidad. Y por eso, a los dieciséis años, su tío se había asegurado de que la mujer que le había robado el corazón a Sayid se comprometiera con otro hombre.

Sayid todavía recordaba el coche blindado que se la llevó de su lado para entregarla a su futuro esposo.

Y estaba embarazada. El bebé...

—Ya no está embarazada, Sayid. Su padre se ha encargado de todo. Y Sura va a casarse con otro hombre —le habían dicho.

—¿Con quién? ¿Dónde? —había preguntado él.

—No es asunto tuyo. Ella no es para ti. Nunca lo será. No era lo que necesitas.

En aquellos momentos habría sido capaz de arrancarse el corazón. Habría preferido ese dolor que el de la pérdida.

—¿Lo ves, Sayid? ¿Ves el poder que ella tenía sobre ti? ¿El poder que les habría otorgado a tus enemigos? La habrían utilizado en tu contra. No puedes amar de esa manera. Cuando te sientes así, le das tu poder a los otros —le había dicho Kalid.

Y tenía razón. Le había demostrado el poder que podía darle a sus enemigos. Y ese día, Sayid había dado un paso final, deshaciéndose de todos sus sentimientos y convirtiéndose en el ideal para el que había nacido. Un símbolo de la nación. Intocable. Inamovible.

Había abandonado la idea de tener una esposa. De tener un hijo.

Pero Chloe no sería su esposa de verdad. Y Aden nunca sería su hijo. Nada había cambiado. Nada cambiaría.

Se incorporó e irguió de nuevo las barreras contra el dolor y la sensación de estar en cautiverio.

Cuando regresó al palacio, volvía a no tener sentimientos.

—Afortunadamente, nos ahorraremos la parafernalia que a menudo acompaña a una boda real —dijo Sayid, mirando a Chloe a los ojos desde el otro lado de la mesa.

Él le había pedido con antelación que esa noche lo acompañara durante la cena. A Chloe no le había gustado nada la idea pero había aceptado porque no podía parecer que tenía miedo de él.

O mejor aún, no podía tenerle miedo, así que no iba a pasarse los días escondida en el palacio tratando de evitarlo. Era más fuerte que eso.

—¿Y cómo es eso?

—Pretendo celebrar la boda muy pronto, y hacer una gran celebración con la muerte del jeque tan reciente sería ofensivo. Pero vamos, no me entristece no celebrar una gran boda.

—A mí tampoco —aunque preferiría no tener que celebrar la boda como tal.

—No has comido nada.

—Creo que no volveré a tener hambre durante una semana al menos.

—Tienes que comer. Estarás demasiado delgada.

—No me sentará mal perder el peso del embarazo.

—No te hace falta perder peso.

Ella lo miró y vio que él se estaba fijando en sus pechos. De pronto, una ola de calor la invadió por dentro. Debía sentirse ofendida y, sin embargo, se sentía intrigada.

No recordaba que ningún hombre se hubiese fijado

en sus pechos. Los hombres con los que ella se relacionaba estaban centrados en su trabajo y durante el tiempo que pasaban en la universidad únicamente se dedicaban a sus proyectos.

Ella nunca había deseado mantener una relación, por lo que nunca se había preocupado de si los hombres le miraban los pechos o no.

Era interesante... Y debería estar enfadada.

Chloe carraspeó pero Sayid no dejó de mirarle los pechos

—Bueno, eso es lo de menos. La cosa es que en unos pocos días mi vida ha cambiado por completo.

Él la miró a la cara.

—Tu vida empezó a cambiar hace un año. Y, después, cuando nació Aden. Esto solo es la continuación.

—Lo sé —contestó ella.

—Era cierto. Su vida había empezado a cambiar cuando se quedó embarazada de Aden. El embarazo había hecho que cambiaran su aspecto, sus sentimientos y las cosas que le gustaban. Su cuerpo se había convertido en el de una extraña. Y de manera ingenua había tratado de convencerse de que después de dar a luz todo volvería a ser como antes.

Había sido tan estúpida.

—Nunca sabré cómo habría sido si ellos estuvieran aquí —dijo Chloe—. ¿Me habría resultado más fácil entregarlo?

Él se encogió de hombros.

—Es posible. Tú confiabas en que ellos harían un buen trabajo educándolo.

—Es verdad.

—¿Y confías en que yo lo haga?

—Ni mucho menos —dijo ella, con sinceridad.

—Entonces, estoy seguro de que, si Rashid y Tamara estuvieran vivos, tú estarías bien.

–Es probable.

–No sirve de nada castigarte por cosas que no sucederán nunca.

–Supongo que tienes razón.

–Naturalmente –dijo él.

–Eres tan arrogante.

Él se encogió de hombros.

–Igual que tú en el contexto adecuado. Confías plenamente en tu habilidad como científica, y en tu capacidad de resolución de problemas, supongo.

–Por supuesto.

–Entonces no veo por qué yo no debería tener plena confianza en el ámbito que domino.

–Porque parece que no hay nada que escape de tu dominio –dijo ella.

–Ya te he dicho que si habláramos sobre la Teoría de Cuerdas, sabrías más que yo.

–Entonces, permaneceré en el rincón científico donde podré mandar –quizá no fuera tan malo casarse con él. Podría pasar tiempo con Aden y también en el maravilloso estudio que él había preparado para ella.

–Bienvenida a tu rincón.

–Qué generoso –dijo ella, mirando el plato de comida. Entonces recordó la manera en que Sayid le había mirado los pechos. ¿Por qué lo había hecho?

Comió un poco de arroz y se percató de que él la estaba mirando otra vez. Una ola de calor recorrió su cuerpo.

–No domino todos los ámbitos, *habibti* –dijo él–. Te darás cuenta con solo mirar los titulares.

–Eso es solo la opinión de los periodistas. No necesariamente es real.

–Poco después de la muerte de Rashid, en un evento, un diplomático de un país vecino quiso hablar conmigo sobre un partido de rugby que iba a celebrarse entre los dos países.

–¿Y?

–Y le dije, sucintamente, que en aquellos momentos no me importaba el deporte. No se quedó contento con la respuesta y dijo que no animaría a su gente a pasar las vacaciones en Attar. Mi reacción fue decirle que se fuera al infierno.

–Vaya.

–Eso ocasionó que se hicieran comentarios muy sensacionalistas. Durante el siguiente evento que celebramos en el palacio, mi consejero me dijo que me portara bien. Como si fuera un niño –soltó una carcajada carente de humor–. No, no domino todos los ámbitos.

–Bueno –dijo ella–, yo tampoco. Y, curiosamente, gran parte del tiempo trabajo para demostrarme que estoy equivocada. Es lo que hace un buen científico. Busca la verdad de manera objetiva, independientemente de cuáles sean sus creencias personales. Supongo que un buen líder ha de ser amable con todo el mundo al margen del humor que tenga.

–No estoy seguro de si sé ser amable.

–No eres tan malo, Sayid –dijo ella, minándolo a los ojos.

–Dime, Chloe, ¿qué ibas a hacer antes de que pasara todo esto?

–Iba a comenzar a impartir clases en otoño. Y me estoy preparando para escribir mi tesis doctoral sobre cómo se comportan la materia y la energía a escala molecular. Después, confiaba en encontrar un empleo en un laboratorio de investigación y, en cuanto pudiera, en la universidad.

–Parece que disfrutas estudiando.

–Me encanta. Creo que ser científico implica comprometerse a seguir estudiando de por vida. Y eso me encanta. Siempre he querido aprender y descubrir cómo funciona todo.

–Ser científico requiere tener mucha curiosidad –dijo él, fijándose en sus labios. De pronto, el ambiente se llenó de tensión.

Chloe sintió que sus senos se ponían turgentes.

–¿Te consideras una mujer curiosa, Chloe? –preguntó Sayid.

–Supongo que sí –lo miró a los ojos y notó que se le cortaba la respiración–. Y tú, ¿tienes curiosidad, Sayid? –preguntó, consciente de que sus palabras podían tener doble sentido.

–Para algunas cosas sí –dijo él.

Ella se puso en pie y su silla chocó con la de al lado, tirándola al suelo.

–Lo siento, lo siento –intentó levantarla. Tenía las mejillas sonrojadas y el corazón acelerado–. Tengo que irme.

Sayid fue más rápido que ella. Rodeó la mesa y la agarró del brazo, atrayéndola hacia su cuerpo.

–¿Por qué huyes de mí?

–No huyo –susurró ella–. Estoy llena.

–Apenas has cenado –dijo él, retirándole un mechón de pelo del rostro.

–No tengo hambre. Con los nervios y todo eso. Es curioso, el estrés puede cerrar los poros de la piel y crear...

–No me interesan los efectos del estrés –dijo él.

–Bueno... Solo trataba de explicar...

–¿Por qué huyes de mí? –preguntó él–. ¿Es porque lo sabes? ¿Lo notas?

–¿El qué? –preguntó ella.

–El deseo que sentimos el uno por el otro. Cómo mi cuerpo me pide que te agarre y te estreche con fuerza contra mí. Y cómo tú me suplicas que lo haga.

–No sé de qué estás hablando –dijo ella.

–Creo que lo sabes –le acarició el cuello.

–No –mintió ella.

No comprendía qué le estaba pasando a su cuerpo, por qué la traicionaba de ese modo. Nunca había sentido una atracción tan poderosa por nadie. Y, si lo hubiera hecho, habría sido por un científico amable con bata de laboratorio.

No por aquel hombre incivilizado que creía que podía controlar a todo el mundo a su antojo.

Por desgracia, su cuerpo no le había pedido opinión acerca de a quién debía de considerar atractivo. Porque era evidente que se había excitado. Tenía el corazón acelerado, los labios hinchados, los senos turgentes y la entrepierna húmeda.

Chloe sabía que la atracción era algo puramente físico. Su cuerpo no era más que un esclavo que trataba de satisfacer sus necesidades biológicas, pero ella era una mujer que usaba su mente. Una mujer que razonaba y tomaba elecciones basándose en cosas que nada tenían que ver con estar cerca de un hombre con altos niveles de testosterona.

–Puede que no tengamos que actuar como una pareja de enamorados, pero tendremos que mostrarle a mi país que nuestro matrimonio es de verdad y eso significa que no puedes levantarte y huir durante las cenas.

–No estaba huyendo –soltó ella.

Él le acarició el brazo con el dedo pulgar.

–No te creo.

–No importa que me creas o no. Estaba preparada para regresar a mi habitación. Y estudiar. Moléculas.

–Entonces, quédate –dijo él–. Quédate y habla conmigo.

–Está bien –dijo ella–. Pero quizá me resulte más sencillo pensar en lo que voy a decir si me sueltas el brazo en lugar de maltratarme como si fueras un *Ardipithecus ramidus* –no pudo evitar reírse de su propia broma.

–¿Qué?

–Oh, vamos. Es gracioso. Pertenece a una de las etapas evolutivas del hombre. ¿No te suena?

–Deduzco que me estás llamando neanderthal.

–Bueno, si quieres simplificarlo...

Él la soltó.

–Insinúas que soy un incivilizado y tienes razón, Chloe. No pretendo ser de otra manera.

–Ya me he dado cuenta.

–Al margen de lo que sintamos el uno por el otro, tú y yo tendremos que aprender a llevarnos bien en público. No podemos asistir a eventos y terminar atacándonos.

–En eso tienes razón.

–Y deberías controlarte a la hora de insinuar que cualquier jefe de estado importante se parece más a un mono que a un hombre.

–Lo dice el hombre que mandó al infierno a un diplomático –repuso ella–. Está bien. Prometo reservar ese tipo de insultos para ti, y solo cuando estemos en privado.

–Ten cuidado cuando hables así porque parece que me estés haciendo una invitación de otro tipo –dijo él.

De pronto, Chloe se percató de qué era lo que le asustaba de aquel hombre. Por primera vez en su vida sentía curiosidad por el sexo.

Y no le gustaba nada. Y menos teniendo en cuenta cuál era su situación y quién era el hombre que le suscitaba dicha curiosidad. Necesitaba mantenerse distante. Era su única manera de protegerse.

–Tienes razón. No es una invitación –contestó dando un paso atrás. Durante un instante había dudado en decirle que sí lo era. Pero habría tenido que esperar a ver cómo reaccionaba él, porque ella no sabía lo suficiente acerca del sexo como para dar el siguiente paso. No tenía ni idea de cómo insinuarse a un hombre como Sayid.

–Y, si lo fuera, yo la rechazaría.

–Muy bien. Porque ya he dicho que no era una invitación.

–Estupendo –soltó él.

Chloe se sonrojó y se enfadó aún más. No debería importarle si él quería acostarse con ella o no, ¡ella no quería acostarse con Sayid! Y no mantendría relaciones sexuales con él.

Quizá sí que había deseado besarlo. Al menos, se había preguntado qué se sentiría al presionar la boca contra sus labios carnosos. Y al acariciarle el mentón con el dedo.

Pero eso era todo. Seguro que muchas mujeres habían pensado en besarlo y, desde luego, no era por su atractiva personalidad.

–Bien. Me marcho. Y no huyo, para que lo sepas. Sobre todo después de que hayamos aclarado que no te interesa mi cuerpo.

–Que tengas buena noche –dijo él.

–Por supuesto –repuso ella, y se volvió para salir de la habitación.

Nada más llegar al pasillo, se detuvo y se apoyó contra la pared. Colocó la mano sobre su pecho y trató de calmar el fuerte latido de su corazón. Cerró los ojos y respiró despacio. Estaba mareada.

Tenía que controlar aquella situación. Nunca le había importado lo físico y no iba a empezar a importarle ahora.

No podía ser.

Sayid necesitaba una ducha de agua fría. Pero primero necesitaba hacer una llamada. Se dirigió a su despacho y llamó a Alik Vasin.

–¿*Da*? –se oía música de fondo y una mujer hablando

en un idioma que Sayid no identificaba. Después, el sonido de una puerta al cerrarse y silencio.

—Gracias por encontrarlo.

—De nada. Ha sido fácil.

—Para ti —Alik era el mejor amigo de Sayid. Casi un hermano, y en muchos aspectos más de lo que lo había sido Rashid.

—Para cualquiera. Prácticamente aparecía en la guía de teléfonos.

—Quiere quedarse.

—¿Con el niño?

—Sí.

—Pensé que no querría quedarse por ti. ¿Y qué le has dicho?

—Si quiero salvaguardar el secreto de Rashid, tenerla aquí podría ser problemático.

—Es cierto. Pero has evitado contestar la pregunta que me produce curiosidad. ¿Qué le has dicho?

—Le he pedido que se case conmigo.

Su amigo se rio de verdad. Sayid no estaba seguro de cómo lo hacía Alik. Cómo después de lo que había vivido, y de lo que había visto, era capaz de poner una sonrisa. Alik vivía deprisa y de manera intensa. Y el placer era una de las prioridades de su vida.

En ocasiones, Sayid envidiaba la facilidad con la que vivía el otro hombre. El hecho de que pudiera ser invencible y hombre al mismo tiempo.

—No es buena idea, camarada. No hay nada peor que una esposa.

—¿Has tenido esposa alguna vez?

—No. Y no por casualidad.

—Entonces, ¿cómo lo sabes?

—Lo sé porque esta noche hay una rubia en mi habitación y el fin de semana pasado era una morena. Mañana, ¿quién sabe? Eso no se puede hacer cuando uno está casado.

—Algunos hombres lo hacen.

—Entonces, ¿qué sentido tiene hacer promesas? Yo nunca he hecho una promesa que no haya cumplido.

—Tú no haces muchas promesas.

Alik se rio de nuevo.

—No. No, eso es cierto.

—A mí me hiciste una.

—Así es. Y no fue a la ligera. Tienes mi palabra. Te ayudaré en lo que necesites.

—Y tú tienes la mía. Habrá boda. Haremos una pequeña celebración privada debido a la muerte de Rashid.

—Necesitas seguridad —dijo Alik.

—Por supuesto.

—Me quieres a mí.

—Por supuesto.

—¿Es tu manera de pedirme que sea el padrino?

Sayid puso una mueca. Era lo más parecido a una sonrisa que había hecho en muchos años.

—Un padrino con pistola.

Sayid oyó que se abría una puerta al otro lado de la línea. Después, la música y la voz de la mujer. Finalmente, Alik contestó:

—Lo haré.

Por segunda vez en su vida, Chloe vio en las noticias el cambio que había dado su vida. En la televisión había aparecido que el gobernador provisional de Attar, el jeque Sayid al-Kadar, iba a contraer matrimonio con la niñera que había arriesgado su propia seguridad para proteger al príncipe milagroso.

Boquiabierta, contempló una fotografía suya en la pantalla. Después, una de Sayid.

—El estoico regente de Attar ha anunciado su compromiso con la heroína del pueblo, Chloe James, una niñera a tiempo parcial y estudiante de ciencias en Portland, Oregón. La boda se celebrará dentro de una semana, a contar a partir del sábado, y será un evento pequeño debido a que el país sigue de luto.

—Uf —se quejó ella, y apagó el televisor. Después se volvió hacia la pizarra. Llevaba media mañana trabajando sobre una ecuación mientras Aden estaba tumbado sobre una manta en el suelo moviendo las piernas.

Trató de concentrarse para olvidar las imágenes de la pantalla, pero no lo consiguió.

Miró a Aden y se quitó las gafas.

—¿Dónde me estoy metiendo? —preguntó ella.

El bebé continuó mirando al techo y mordisqueándose el puño.

Chloe suspiró.

—¿No me das ningún consejo?

—¿Para qué necesitas consejo?

Se volvió y vio que Sayid se acercaba hacia ella.

—Acabo de ver el anuncio de nuestro compromiso en las noticias —dijo ella—. También han dicho que la boda se celebrará en menos de una semana. Imagina cuál ha sido mi sorpresa.

—¿Para qué esperar?

—No lo sé. Supongo que no hay motivo.

Sayid negó con la cabeza y sacó una caja pequeña del bolsillo.

—Le he pedido al joyero familiar que sacara una gema de las joyas de la corona y la engarzara en un anillo para ti.

Ella abrió la caja.

–¿De las joyas de la corona? –miró el anillo. Era precioso, perfecto y único.

Un granate en una alianza de oro con forma de flor.

–Esto es demasiado, ¿no crees? –preguntó ella, acariciando la piedra con el dedo. De pronto, se percató de que nadie le había hecho un regalo en su vida. Y aunque sabía que aquello solo era parte de la farsa que estaba viviendo, le parecía un regalo especial.

Se avergonzaba de lo mucho que deseaba ponérselo. De cómo deseaba que ese momento fuera especial. O que alguien, aunque fuera Sayid, pensara que ella era lo bastante especial como para merecer algo tan increíble.

Cerró la tapa de la caja. Y bloqueó el sentimiento.

No necesitaba nada de eso. Aden era su familia. La única familia que necesitaba.

–¿Te gusta? –preguntó él.

–Por supuesto. Pero no necesito un anillo de las joyas de la corona.

–Sí lo necesitas. Porque todas las mujeres de Al-Kadar reciben uno antes de la boda, y tú no serás la excepción.

–No es un matrimonio real.

–Pues devuélvelo cuando nos divorciemos.

Ella se aclaró la garganta.

–¿Y cuándo crees que será eso exactamente?

–¿Cuándo estarás preparada para separarte de Aden?

Ella negó con la cabeza.

–No. Al menos hasta que haya crecido.

–Entonces permaneceremos casados hasta ese momento –la miró–. Es un gran compromiso para alguien de tu edad. Para alguien que tiene una vida al margen de la familia real.

–Tener un hijo siempre es un gran compromiso. Cuando una mujer descubre que está embarazada, toda su vida cambia en ese mismo instante. Su futuro cambia. Eso es lo que me ha pasado. Sí, las circunstancias son más complicadas. Y sí, el cambio ha sucedido un poco más tarde. Pero estoy dispuesta a cambiar mis expectativas por él. Más que eso, quiero hacerlo.

–Serás una buena madre –dijo él–. Serás la madre que Tamara habría querido para él.

Una fuerte emoción se apoderó de ella y, una vez más, sintió un enorme vacío y deseó poder llenarlo con la compañía de otra persona. Anhelaba que él la tomara entre sus brazos y le dijera que todo iba a salir bien. Que la abrazara un instante para que no tuviera que sostenerse en pie únicamente con su propia fuerza.

Pero no podía permitirse ser débil. No cuando Aden la necesitaba.

–Gracias –dijo ella.

–Bueno, ahora falta comentar el pequeño detalle de los amantes –dijo él, cambiando de tema con brusquedad.

–¿De qué?

–De los amantes.

–No, si te he oído, pero no estaba segura de lo que querías decir...

–Si no voy a acostarme contigo, en algún momento, a lo largo de nuestro matrimonio, me acostaré con otra mujer. Estoy dispuesto a sacrificar muchas cosas por mi país, y para ofrecerle a Aden la mejor vida que pueda tener, pero no voy a pasar dieciséis años sin relaciones sexuales.

Ella pestañeó. De pronto, notó que una mezcla de rabia y celos se instalaba en su vientre y provocaba que se le acelerara el corazón.

No era que no soportara la idea de compartirlo con otra mujer, si no que deseaba que se acostara con ella, que la deseara y que la hiciera disfrutar con su experiencia sexual.

–Hagas lo que hagas... Sé discreto. No quiero enterarme de lo que sucede en tu dormitorio. Ocúltamelo, yo no abriré la puerta. Podrás estar con alguien pero para mí será como si estuvieras solo. Y, a menos que yo abra la puerta, podrás ser tanto promiscuo como casto. Será como la paradoja de Schrödinger.

–¿Porque es imposible de demostrar a menos que la puerta esté abierta?

–Sí, exacto. Esa es la broma.

–Tienes que cultivar más el sentido del humor normal y corriente.

–Así se habría invalidado la Teoría de Quantum.

–Lo mismo se aplica para ti. Cuando traigas amantes tendrás que ser discreta. Los medios de comunicación no han de sospechar nada.

–Umm... Está bien –ella no había tenido relaciones sexuales en toda su vida, así que la idea de tener un amante después del matrimonio, y de haber sido madre, le parecía imposible.

Por supuesto, no iba a admitirlo.

–Esto es muy importante, *habibti*. Si me pillan en un escándalo, a pocos le importará. Soy un hombre en un mundo de hombres y en lo que el sexo se refiere, se nos perdona casi todo. A las mujeres no. Si ocurriera algo, me pedirían que nos divorciáramos. Este matrimonio es pura imagen, y no debe verse comprometido. No hay que hacer nada que pueda dañar la imagen que la gente tiene de ti.

–No te preocupes. Seré completamente discreta cuando tenga mis aventuras. Nada de sexo en la mesa del comedor –dijo ella, y se sonrojó.

–¿En la mesa del comedor? –preguntó él–. Me parece que sería muy incómodo.

Ella tragó saliva.

–Eso demuestra lo mucho que sabes.

–Podría demostrarte lo mucho que sé.

Las palabras escaparon de la boca de Sayid. No debía presionarla. No debía forzar la situación para ver hasta dónde podía llevarlos la atracción que sentían el uno por el otro. De pronto, imágenes de sexo apasionado invadieron su cabeza.

Tener relaciones sexuales sobre la mesa del comedor no formaba parte de sus fantasías pero ¿contra la pared? ¿Con las piernas de Chloe alrededor de la cintura?

Podría desnudarla. Quitarle la ropa y hacer que perdiera el pudor. Hacer que olvidara todo lo que sabía sobre el Universo mientras gritaba de placer.

Apretó los dientes y cerró los puños con fuerza, tratando de ignorar la rabia que invadía su corazón y de controlar el deseo que se agolpaba en su entrepierna. No podía descargar su frustración sexual con Chloe. No podía permitir que surgiera ningún tipo de pasión entre ellos.

El control era fundamental. Siempre. Y sobre todo con ella. No estaba seguro de por qué, pero así era. El sexo, o el hecho de desear a una mujer, no deberían hacerlo temblar. Sin embargo, ella lo conseguía.

Ese era el motivo por el que nunca podría tocarla.

–Yo... Está bien. No necesito que lo hagas –Chloe se agachó para tomar a Aden en brazos y lo abrazó contra su pecho, utilizándolo como escudo.

–Como desees.

–Es lo que deseo.

–Tengo que ocuparme de unos asuntos antes de la boda. Te veré en el palacio de la costa.

–¿Es allí donde se celebrará la boda?

–Sí. Haremos una ceremonia pequeña en la playa.

–Lo tenías todo planeado, ¿no?

–A estas alturas tengo muy pocas cosas planeadas, Chloe James.

Capítulo 8

EL PALACIO de la costa era completamente diferente al palacio del centro de Attar. Allí, la brisa marina refrescaba el aire y daba sensación de humedad, algo muy distinto al calor árido del interior.

Sayid había pasado mucho tiempo en aquel palacio durante su juventud. Un lugar de retiro después de las temporadas que había pasado en el desierto, viviendo en tiendas beduinas y aprendiendo a sobrevivir en uno de los medios más duros.

Incluso todo ese tiempo después, entrar en el recibidor de piedra blanca hacía que se sintiera aliviado.

Pero al pensar en que iba a casarse en menos de veinticuatro horas, en la playa de delante del palacio, volvió a sentirse inquieto.

Una esposa. Hacía mucho tiempo que había abandonado la idea de tener una esposa. Al pensar en el matrimonio recordó una época muy diferente. Y a una mujer bella de ojos marrones y amplia sonrisa. Después, a la misma chica, pálida y aterrorizada, mientras la obligaban a entrar en un coche para alejarla de su hogar. Para alejarla de él.

Sayid lo había presenciado mientras lo agarraban para evitar que fuera tras ella. Para evitar que la rescatara. Que salvara a la única persona que le había importado en su vida.

Apoyó la mano en una de las columnas blancas de

piedra y agradeció que el frío penetrara en su piel. Miró hacia el océano y recorrió la columna con la mano. La piedra estaba helada, igual que se había quedado su alma desde que perdió a Sura.

—Ella está arriba, en la terraza. Le están haciendo los tatuajes de henna —Alik estaba a los pies de la escalera con las manos en los bolsillos de sus pantalones negros.

—¿Cuánto tiempo llevas aquí? —preguntó Sayid.

Alik y él habían pasado muchas cosas juntos. Él era el único amigo de Sayid. La única persona que comprendía qué tipo de vida era el que llevaba. Lo que implicaba. Pero en aquel momento, al mirar a su amigo, no sintió alegría, sino algo diferente. Algo oscuro, visceral y desconocido para él.

—El suficiente como para haberla poseído sobre la mesa de la terraza una vez, contra la pared del dormitorio dos, y en la cama...

—Alik —dijo él, avanzando hacia delante.

—En teoría —concluyó Alik—. Tengo a mi disposición a todas aquellas mujeres a las que deseo, ¿para qué iba a querer tocar a la tuya?

—No es mi mujer —dijo él.

—Mañana a esta hora se convertirá en tu esposa.

—Solo en el papel.

—¿Y no en tu cama? Será desaprovechar a una bella mujer.

Sayid pasó junto a Alik y comenzó a subir por la escalera.

—No necesito tu opinión en este asunto, Vasin.

Alik se encogió de hombros y se acercó al pie de la escalera.

—Te dejo con tu prometida. Tengo que comprobar ciertos aspectos de la seguridad —desapareció al doblar la esquina.

Sayid continuó subiendo por la escalera, invadido por la rabia. En realidad, no tenía motivo para ello.

¿No le había dicho a Chloe que él tendría amantes? ¿Y no le había ofrecido a ella que hiciera lo mismo? Ninguno de los dos iba a mantener el celibato durante dieciséis años y, si Alik fuera uno de los amantes que ella eligiera, ¿podría él mostrarse posesivo con ella?

«Sí, maldita sea».

Había una línea que Alik no podía cruzar. Debía asegurarse de que el otro hombre lo supiera.

Sayid se dirigió hacia la puerta de la terraza con vistas al mar y vio que Chloe estaba sentada en una silla. Llevaba un vestido muy corto y Aden estaba en un capazo a sus pies. Una mujer mayor estaba arrodillada frente a ella, cantando, mientras dibujaba con henna sobre sus manos y pies.

Chloe levantó la cabeza y sus mechones rojizos brillaron con el sol. El fondo azulado del mar resaltaba el color de sus ojos. No iba con maquillaje, aunque rara vez lo llevaba, pero había algo en ella que hacía que pareciera diferente.

No parecía agotada y había desaparecido la sombra oscura que tenía bajo los ojos.

—No te esperaba tan temprano —dijo ella.

La mujer que estaba dibujando se volvió y agachó la cabeza hasta tocar el suelo con la frente. Después, se incorporó y continuó dibujando. Esa muestra de servilismo indicaba que Sayid era aceptado en su cargo provisional, y que el compromiso de matrimonio con Chloe estaba teniendo el efecto deseado.

—¿Cuándo esperabas que viniera? ¿Justo a tiempo de pronunciar los votos?

—Algo así —dijo ella.

—No me gusta llegar en el último momento. Quería revisar las medidas de seguridad con Alik.

–Ya, claro.

–¿Has conocido a Alik?

–Por supuesto. Es muy amable.

–¿Cómo de amable, exactamente? –preguntó él, apretando los dientes.

–Bueno, él... –se calló y lo miró–. ¿Estás enfadado?

–No.

–Lo estás. ¿Te molesta que haya sido amable conmigo?

–Eso es ridículo. Esperaba que fuera amable contigo. Eres la futura jequesa de Attar.

Ella ladeó la cabeza y lo observó un instante.

–¿Estás celoso?

–No me pongo celoso en ninguna circunstancia. Ni siquiera con una mujer que es mi amante. No hay ningún motivo por el que pudiera sentirme celoso en relación a ti.

–Eso es cierto. No hay ningún motivo. Excepto que mañana voy a casarme contigo y, aunque el matrimonio es un concepto humano, la idea de que un macho posee a la hembra en exclusividad se da en varias especies. ¿De qué otro modo podría un macho estar seguro de que los descendientes son suyos?

–En este caso, el descendiente no es mío, como bien sabes. Y puesto que yo no... –miró a la mujer que estaba pintando los pies de Chloe–. Sabes muy bien que nuestra situación es diferente.

–Pero es algo que está tan instaurado en la especie que aunque tu cerebro lo sepa no significa que tu cuerpo lo sepa también.

Él arqueó una ceja y la miró. Ella se sonrojó.

–Supongo que eso es cierto –dijo él, reconociendo el desasosiego que sentía cada vez que la miraba. Atracción. Deseo. Y, al instante, todas las fantasías que había tenido con ella durante la semana invadieron su cabeza.

Ella arqueando el cuerpo bajo el suyo mientras él esperaba alcanzar el orgasmo en su interior. Inclinándola, provocando que se agarrara al cabecero de la cama y sujetándola por las caderas mientras la penetraba una y otra vez.

Sí, eso era lo que deseaba.

Y no podría tenerlo porque el deseo que sentía por ella no era simple deseo. Era algo más, y alcanzaba un lugar que él debía negar que existía. El lugar donde albergaba su debilidad.

—¿Crees que sabes lo que quiere mi cuerpo? —preguntó él con tono duro.

—Quería decir en términos de... Respecto a la fidelidad, a la reproducción y al reconocimiento de los hijos...

Él se rio.

—No. Creo que no sabes lo que mi cuerpo desea. Y no estoy seguro de que tampoco sepas lo que quiere el tuyo.

—Eso es ridículo. Por supuesto que sé lo que mi cuerpo quiere.

—Pero ¿crees que yo no?

—No, creo que lo que tu cuerpo quiere y lo que tu mente cree que quiere son cosas distintas. Eso es diferente.

—Ya veo. ¿Y qué es lo que tu cuerpo quiere, Chloe?

—No...

—Alik está fuera de tu alcance —dijo él, decidiendo que era mejor ir al grano.

—Me lo dices porque de verdad crees que yo... ¡Uf!

Sayid miró a la mujer que estaba arrodillada junto a Chloe. Estaba terminando de retocar una flor y en cuanto finalizó, él se dirigió a ella en árabe.

—Puedes marcharte.

Ella asintió, recogió sus cosas y se marchó sin mirar a Chloe ni a él.

–¿Qué le has dicho? –preguntó Chloe.

–Que podía marcharse.

–No nos ha mirado.

–Nos ha tratado con el debido respeto.

–Yo no necesito que la gente me trate así.

Él se encogió de hombros.

–Yo no lo necesito. Pero lo agradezco. Es una muestra de que nadie se pondrá en mi contra. Hay motivos por los que aprecio esas deferencias. Sobre todo teniendo en cuenta lo bien que me recibieron en un principio.

–Hmm –dijo ella, y se cruzó de brazos.

–¿No estás de acuerdo?

–¿Te importa?

–No. Pero siento curiosidad.

–Bien. Es otra manera en la que los hombres reafirman su dominancia. Te lo aseguro, no es la manera más despreciable pero es una manera.

–Hay muchas reinas en el mundo, *habibti*. Reinas a las que les gustaría aplastar a sus subordinados con un tacón de aguja. No creo que solo sea cosa de hombres.

–Desde luego no lo demuestras con tu comportamiento –se puso en pie y se agachó para recoger a Aden–. Has venido como un lobo defendiendo su territorio, tratando de exigir derechos exclusivos sobre un... Sobre un esqueleto de caribú que ni siquiera quieres.

–¿Te has comparado con un esqueleto de caribú?

–Ha sido una mala comparación, pero me vale.

–Nunca he dicho que no te quisiera –dijo él. Se acercó a ella y, al percibir su aroma dulce y femenino, sintió que se ahogaba de deseo.

Estaba muy equivocada si pensaba que no sabía lo que deseaba. Lo sabía. Y tenía que ver con verla desnuda gimiendo su nombre a causa del placer.

–Pero yo... Lo dijiste. Estoy segura de que lo dijiste.

Cuando hablaste de todo eso de tener amantes y... Estoy segura de que querías decir que...

–Que no me comprometo a estar dieciséis años teniendo solo una relación contigo. Lo que significa que sería mejor si no pasara nada entre los dos.

–Ah. Pero... Pero podría pasar. Estás diciendo que podría... ¿Te sientes atraído por mí?

Su manera de preguntarlo, sin ningún tipo de picaresca en sus palabras, lo sorprendió. Estaba seguro de que ella había notado la química que había entre ellos, pero era como si creyera que era la única que la sentía.

Sayid deseó abrazarla por la cintura y estrecharla contra su cuerpo para demostrarle lo que sentía. Besarla en el cuello y continuar hasta sus pechos.

Pero ella estaba sosteniendo al bebé a modo de escudo.

–¿Que si me siento atraído por ti? –preguntó él, y se acercó más a ella–. Cuando llegué y vi que estaba Alik pensé que existía la posibilidad de que se te hubiera insinuado. Fantaseé con atarle una roca alrededor del cuello y lanzarlo al mar.

Chloe miró a Sayid y abrazó a Aden con más fuerza. Le temblaban las manos y el corazón le latía con fuerza. Se sentía atraída por él. Lo deseaba.

–Entonces, salí aquí y mis fantasías cambiaron. El que te poseía era yo –añadió–. Estabas inclinada ante mí, pronunciando mi nombre mientras yo te proporcionaba placer una y otra vez.

Las imágenes que suscitaban sus palabras eran tan vívidas que ella tuvo que mirar hacia otro lado. Tenía el rostro ardiendo y la respiración entrecortada.

Él deseaba dominarla. Utilizar su cuerpo para cautivarla.

No creía que fuera a emplear violencia contra ella. Pero Sayid tenía otros poderes. Y los usaría. Ella sabía lo que una mujer podía aguantar del hombre que la poseía. No permitiría que él le hiciera tal cosa. Nunca.

Se separó de él tratando de calmar su respiración.

—Por muy fascinante que haya sido ese pedacito de pornografía verbal, voy a tener que decirte que no.

—¿No te sientes atraída por mí? –preguntó él.

—No me has impresionado con tu comportamiento de neandertal –soltó ella–. No me van los machos dominantes.

—¿De veras?

—De veras. Acepté hacer esto por Aden, pero nada más. Así que, si estás teniendo un episodio de frustración sexual, te sugiero que vayas a buscar a una mujer dispuesta a ayudarte.

—¿Eso es lo que quieres? –preguntó él.

—Sí –mintió ella–. Es lo que quiero.

—Pensé que querías discreción.

—Por mí como si la posees en la terraza –dijo ella, animada por la rabia–, no me molestará.

Se volvió y regresó al palacio tratando de contener las lágrimas. Se sentó en la cama con dosel que había en su dormitorio y se desabrochó la blusa y el sujetador para amamantar a Aden. Estaba acostumbrándose a la maternidad pero, Sayid...

Nunca había estado tan confusa, ni tan temerosa de su propio cuerpo. En su vida.

Y el hombre que le provocaba toda esa confusión era con el que iba a casarse al día siguiente.

Chloe agradecía que hubiera pocos invitados a la boda y que no tuviera que realizar ninguna de las tradiciones preceremoniales que solían hacerse en Attar. Aun así, estaba nerviosa. Sobre todo después del último encuentro que había tenido con Sayid. Se sentía amargada.

«Piensa en Aden y no en todo lo que dejas detrás».

Se cubrió los ojos con las manos y trató de respirar. Oyó que cambiaba la música y supo que tenía que caminar hacia el altar.

Respiró hondo y salió de detrás de la carpa que habían montado en la arena para el banquete de boda. Se levantó el vestido para no tropezarse. Era un vestido sencillo de color crema que rozaba la arena con cada paso que daba. Cubriendo su cabello llevaba un pañuelo de seda para protegerla del sol. No llevaba flores y nadie la acompañaba.

Su única familia era Aden. El recuerdo de por qué estaba haciendo aquello.

A lo largo del pasillo habían colocado unos palos altos envueltos con telas de seda blanca que se movían con el viento. Era una decoración sencilla pero que resaltaba la belleza del lugar.

Chloe levantó la vista y vio a Sayid al final del pasillo. Chloe bajó la mirada. Era tradición que la novia mirara al suelo para evitar sonreír y no parecer demasiado entusiasmada.

Cuando vio los zapatos de Sayid semienterrados en la arena, levantó la vista. Él iba vestido de manera sencilla. La camisa blanca, al igual que los pantalones y los zapatos, y estos, adornados con hilo de oro.

Sayid permaneció de pie, mirándola pero sin tocarla.

La ceremonia comenzó en árabe y Sayid se inclinó hacia ella para traducirle con voz suave. Una manera muy diferente a la que le había hablado el día anterior. Pero no por ello menos impactante. Aquellas eran palabras de compromiso, que nada tenían que ver con el deseo o la dominación. Sobre el significado del matrimonio, y de la fuerte implicación que conllevaba. Algo que nunca había presenciado pero que deseaba tener.

Cuando llegó el momento de pronunciar sus votos,

los repitió lo mejor que pudo, sin tener ni idea de qué era lo que estaba prometiendo delante del oficiante y de los testigos. En cuanto terminó de pronunciar la última palabra, se sintió aliviada.

Entonces, le tocó el turno a Sayid. Él decidió pronunciar los votos en inglés.

−No te dejaré ni te daré la espalda −dijo él−. Donde crees tu hogar, crearé el mío. Porque sin ti no habrá hogar. Tu pueblo será mi pueblo, y el mío el tuyo. Donde mueras, moriré yo. Y allí tendrán que enterrarme. Y que Dios me castigue severamente si nos separa algo que no sea la muerte.

Chloe trató de respirar con normalidad pero la brisa marina le parecía muy densa. Le dolía el pecho, y temía que un intenso deseo la asfixiara.

Deseaba no haber comprendido los votos, porque así no le habrían parecido reales.

El oficiante agarró un cuenco con miel que estaba en una mesa, entre Chloe y Sayid, y comenzó a hablar. Sayid tradujo sus palabras en voz baja, para que Chloe pudiera comprender.

−Es una tradición de Attar, para que los primeros momentos del matrimonio sean muy placenteros, para que nuestra vida sea placentera −le agarró la mano y metió su dedo meñique en el cuenco de miel. Después, acercó el dedo a su boca y chupó la miel de su piel.

Sus labios estaban calientes, y la lengua pegajosa. El contacto íntimo provocó que ella se estremeciera de forma violenta y se quedara temblando.

Él bajó la mano de Chloe e hizo lo mismo con su propio dedo, acercándoselo a la boca para que ella lo chupara. Ella separó los labios y chupó la miel. Sin pensarlo, recorrió el lateral de su dedo con la lengua, para probar el verdadero sabor de su piel. Sayid era tan embriagador como cualquier alcohol.

No deseaba soltarle el dedo, y era lo más extraño que le había pasado desde que había aceptado casarse con él.

Y ya estaban casados. Los invitados gritaron de júbilo y los fotógrafos comenzaron a sacar fotografías. Aden durmió durante toda la ceremonia, en brazos de una de las niñeras que estaba en la primera fila.

Sayid le agarró la mano de manera formal y ella sintió que se incendiaba por dentro. Por mucho que quisiera fingir que no le había gustado lo que él le había dicho el día anterior, o que no se le había acelerado el corazón al probar el sabor de su piel, no podría hacerlo.

Era una mujer que se dedicaba a buscar soluciones para los problemas, pero en ese caso no podía hacerlo. Aquello no era algo que pudiera exponer en una pizarra. No había nada lógico que pudiera explicar qué sentiría si él la besara, o si descargara su pasión masculina sobre ella.

No. No había manera de explicar todo aquello con una pizarra y un rotulador.

Y la otra opción ni siquiera podía contemplarla.

Capítulo 9

EL BANQUETE se sirvió en una carpa de seda. De los postes colgaban lámparas de metal perforado que reflejaban estrellas sobre el suelo cubierto de alfombras. Los invitados estaban sentados en el suelo con unos almohadones, alrededor de unas mesas bajas donde se servía la comida. Los ancianos de las tribus de Attar estaban sentados en la cabecera de las mesas, junto a los diplomáticos y funcionarios. Era una auténtica fiesta, pero Chloe no estaba de humor para divertirse.

Sayid y ella estaban sentados en una mesa colocada sobre una tarima, para que todo el mundo pudiera verlos. Había música y la gente hablaba y reía. Y Chloe temía que le estallara la cabeza a causa de la tensión. Quizá no hubiera sido tan grave si no le resonaran los votos en la cabeza.

«Si nos separa algo que no sea la muerte...».

Dieciséis años después, cuando Aden cumpliera la mayoría de edad, se separarían. Dieciséis años al lado de aquel hombre. Dieciséis años lejos de su casa.

Sin embargo, al pensar en Portland, y en su paisaje verde y mojado, no sentía ninguna nostalgia. Era como si no necesitara regresar allí. Pero Attar tampoco era su casa.

Entonces, cuando Aden fuera mayor y ella se separara de Sayid, ¿cuál sería su casa? Ya sabía que no podría regresar. Porque regresar sería como si todo aquello, Aden y Sayid, no hubiesen existido. Como si pudiese ser feliz con las cosas que había deseado antes.

Y sabía que no podría serlo.

Lo que la asustaba era pensar si, al final, Attar sería su hogar. Y si se quedaría con Sayid.

Lo miró de reojo. Estaba muy atractivo, con la espalda derecha, mirando a los invitados. Tenía los ojos negros, la piel tersa y bronceada, los pómulos prominentes. Sus labios... Sensuales.

Chloe deseó acercarse a él para comprobar si era tan ardiente como aparentaba. Si sus labios sabían tan dulces como la miel.

De pronto, uno de los jefes tribales se puso en pie y comenzó a hablar en árabe.

Sayid se acercó a Chloe para traducirle lo que decía:

—Nos desea una larga vida. Felicidad. Y muchos hijos.

Ella sintió un nudo en el estómago.

—No va a suceder.

—También nos desea una feliz noche de boda, puesto que vamos a hacer oficial el matrimonio.

—¿Qué quiere decir con eso?

Sayid se puso en pie y le tendió la mano para ayudarla a levantarse. Se despidió de los invitados y guio a Chloe hacia el exterior de la carpa.

—¿Qué quería decir con eso? —preguntó de nuevo.

—Los votos, el banquete, todo es parte del matrimonio, pero este no es realmente válido hasta que el novio ha poseído a la novia —dijo él con un tono provocativo.

—¿Qué?

En cuanto salieron de la carpa se oyeron gritos de júbilo.

—Ellos continuarán la fiesta hasta bien entrada la noche —dijo él, ignorando su pregunta.

—En los Estados Unidos el matrimonio es oficial cuando la pareja y los testigos firman el acta de matrimonio. ¿Me estás diciendo que en Attar tenemos que...?

–Esa es la costumbre –contestó él con tono calmado.

–Y tú lo sabías –dijo ella–. Lo sabías. Dijiste que no tendríamos que...

–Te comportas de manera histérica –dijo él, mientras entraban en el palacio.

–¿Dónde está todo el mundo? –preguntó ella, mirando el recibidor vacío. El palacio siempre estaba lleno de sirvientes, pero esa noche no había nadie.

–Están disfrutando de la fiesta, y dándonos tiempo para que nosotros disfrutemos de nuestra fiesta privada –se acercó a Chloe y ella dio un paso atrás y se chocó contra la pared.

–No vas a obligarme a celebrar la noche de boda –dijo ella.

–No –soltó él, acercándose más–. No voy a hacerlo –añadió apoyando la palma contra la pared, a la altura de la cabeza de Chloe–. Aunque ambos sabemos que no tendría que obligarte a hacer nada. Lo deseas.

–No –soltó ella.

–Mentirosa –dijo él–. Sé lo que sientes. Lo veo en la manera que tienes de mirarme. Con curiosidad. Estás hambrienta de deseo. Por mí.

–¡Y tú eres un egocéntrico que piensa que las mujeres lo desean solo por ser hombre y es su derecho!

–No, solo soy un hombre que se percata de las cosas. Y noto que sientes lo mismo que yo. Por mucho que quieras negarlo, me deseas.

–No –repitió ella–. No es verdad.

Chloe sabía que su negativa supondría un reto para Sayid. Y era lo que deseaba, porque quería experimentar las consecuencias. Él tenía razón, estaba hambrienta de deseo. Por algo que nunca había probado. Algo que había evitado durante toda la vida.

Él levantó la mano que no tenía apoyada en la pared y la colocó sobre la cadera de Chloe. La acarició, y ella sintió el calor de su piel a través de la tela del vestido. Algo que provocó que se excitara aún más.

Sayid se inclinó hacia ella, mirándola a los ojos, y le acarició la base de uno de los senos con el dedo pulgar.

–Entonces, márchate –susurró él, ladeando la cabeza y casi rozándole el cuello–. Sepárate de mí ahora mismo.

–Yo... Yo...

Él la agarró por la cintura con las dos manos y le acarició la base de ambos pechos con el dedo pulgar. Estaba tan cerca de sus pezones turgentes que ella deseaba que subiera las manos y se los acariciara también.

–No lo harás –dijo él–. No lo harás porque estás tan desesperada como yo.

Ella tragó saliva y no dijo nada.

–Me lamento de una cosa –dijo él.

–¿De qué? –preguntó ella.

–De que la tradición de Attar no incluya que los novios se besen después de la boda.

–Yo no lo lamento –dijo ella, retándolo de nuevo y consciente de que habría consecuencias.

–No suenas muy convincente –dijo él.

–Porque estoy mintiendo.

Él se rio y la besó en el cuello.

–Eso pensaba –le acarició el hombro, el cuello y el mentón antes de rodearle los labios con el dedo–. Sí, estaba seguro de que estabas mintiendo –la besó en los labios–. Dime que esto es lo que deseas.

–Es lo que deseo –dijo ella, incapaz de resistirse.

Fue todo lo que hizo falta para que Sayid la besara de forma apasionada, demostrándole que ella no era la única que ardía de deseo.

Siempre se había preguntado cómo serían los besos. Si resultaría extraño y desagradable tener la lengua de otra persona en su boca.

Enseguida supo la respuesta. Era algo sexy. Muy sexy.

Chloe lo besó también. Sayid la abrazó y la estrechó contra su cuerpo. Ella le rodeó el cuello y le acarició el cabello, sujetándole la cabeza para que no se separara de sus labios.

Entonces, él la aprisionó contra la pared y ella notó su miembro erecto contra su cuerpo. Y no le importó. Podía hacer lo que quisiera. Siempre y cuando ella continuara experimentando aquella deliciosa sensación.

De pronto, una alarma saltó en su cabeza. Era la voz que la había dominado durante años y que le pedía que recapacitara. Entonces, recordó la conversación con su madre:

—¿Por qué sigues con él, mamá?

—Porque por muy mal que me haga sentir a veces... Cuando me hace sentir bien es como si estuviera en el paraíso.

«No», pensó Chloe.

Se separó de él y lo empujó del pecho, mientras el pánico se apoderaba de ella.

—Basta –le dijo con voz temblorosa. Estaba a punto de ponerse a llorar, pero no quería que él viera sus lágrimas.

—¿Qué ocurre?

—¿Que qué ocurre? –preguntó ella, invadida por la rabia–. Intentas dominarme tratando de hacer que me sienta bien. Quieres ejercer tu poder sobre mí mediante el sexo, pero no va a funcionar.

—Es curioso, pensé que te estaba besando. Pensé que incluso te había dado la oportunidad de marcharte.

—Lo dijiste, pero me estabas sujetando. Lo sabes.

—Y podías haberte soltado, como has hecho ahora. También lo sabes. No pretendas que ha sido de otra manera solo porque te estés arrepintiendo.

—Con suerte, con esto hemos confirmado nuestro matrimonio porque para mí ha sido suficiente –dijo ella, dirigiéndose hacia las escaleras.

–Oh, no, *habibti,* no es así como se confirman los matrimonios aquí. No será oficial hasta que me encuentre en el interior de tu cuerpo.

–No me digas cosas así.

–¿Por qué? ¿Porque hago que lo desees más?

–Porque es muy desagradable –repuso ella, y una lágrima rodó por su mejilla–. Aquí tienes todo el poder y no permitiré que también lo tengas en este asunto –se volvió y subió por las escaleras hasta su habitación. Estaba vacío. A Aden lo habían llevado al dormitorio de bebés para pasar la noche.

Y Chloe no podía ir a buscarlo porque tenía que fingir que se había convertido en una verdadera esposa para Sayid. Sabía que no podría dormir y se sentó en una silla frente al tocador.

No dormiría, pero tampoco iría a la habitación de Sayid.

Sayid se sentía como si tuviera una roca en el estómago. Desconocía cuál era el motivo por el que Chloe había reaccionado de ese modo, pero sabía que provenía de un lugar muy profundo. Un lugar que ella mantenía oculto al mundo. Un lugar que se había creado a causa del dolor.

Él lo sabía porque lo reconocía. En su caso el dolor había sido tan intenso que había erradicado todos sus sentimientos.

Sin embargo, Chloe parecía que tenía abiertas las heridas.

Permaneció en el pasillo durante un rato largo, tratando de decidir qué podía hacer.

Iría a buscarla. Porque estaba sufriendo. Porque era su esposa. Y porque, por primera vez en mucho tiempo, deseaba hacer lo correcto. No por el honor y el bien común, sino por una persona.

Se dirigió a su dormitorio y llamó a la puerta.

—Soy yo —le dijo.

—¿Qué quieres? —preguntó ella.

—Tenemos que hablar.

—Pasa. No querrás que nadie te vea en el pasillo.

Sayid abrió la puerta y la vio sentada en el tocador, con las rodillas pegadas contra el pecho.

—¿Qué ha pasado?

—Ya te lo he dicho.

—Me has dicho lo mismo que antes. Siempre terminas diciendo que soy un neandertal. Que intento dominarte. Deja que te diga una cosa, Chloe, si intentara dominarte, lo sabrías. No podrías equivocarte.

Ella se sonrojó.

—Es que... Sayid, tienes mucho poder. Y no puedo otorgarte más.

—La atracción es mutua. Y eso significa que tú también tienes poder sobre mí. El poder de hacer que pierda la cabeza, tal y como he hecho hace un momento.

—Yo no...

Sayid se acercó a ella y se arrodilló a su lado, sujetándole la barbilla.

—Lo hiciste.

—Sayid, no puedo...

Él inclinó la cabeza y capturó sus labios para demostrarle lo que sentía. Cuando se separaron, respiraba de manera agitada y tenía el corazón acelerado. No recordaba que, en otras ocasiones, un beso hubiese tenido tanto poder sobre él.

Siempre le había resultado sencillo mantener relaciones sexuales y un beso nunca había sido más que un acto preliminar.

Pero a Chloe deseaba besarla despacio. Hasta que se relajara. Hasta que le suplicara que no parara.

La fantasía había cambiado. Había pensado en dominarla. En obtener placer. Sin embargo, al verla allí, con ese aspecto de fragilidad, experimentó un sentimiento de ternura que no reconocía, que creía que no era capaz de sentir.

Sura había sido la única mujer, la única persona, que lo había hecho sentir así. Confiaba en que el recuerdo de la mujer y el hijo que había perdido bloquearan su sentimiento, que lo ayudara a recordar por qué un hombre como él no podía permitirse sentir.

No funcionó. Y eso lo enojó.

—Mírame —le ordenó—. ¿Por qué me tienes miedo?

—No te tengo miedo —dijo ella.

—Sí lo tienes.

—No es hacia ti —susurró—. Es hacia los hombres.

—¿A todos los hombres? —preguntó sorprendido.

—A cierto tipo de hombres. A los que tienen poder. A los que les gusta tenerlo.

—¿A qué hombre no le gusta el poder? No creo que nadie prefiera no tenerlo.

—Es diferente tener el control de tu vida. Eso es lo que nos gusta a todos. A mí me gustaba, y a veces lo echo de menos.

—¿Sientes que ahora no tienes control?

—No tengo ningún control. Y ambos lo sabemos —el asintió y ella continuó—: Sayid, hay hombres a los que les encanta dominar. Les encanta tener poder y observar cómo con él pueden controlar a otras personas. Y hay gente que se lo permite. Por pasión. Eso es lo que me da miedo.

Él sabía muchas cosas acerca de la gente así. Había personas así que gobernaban países, países con los que se había enfrentado en una guerra. Y en las prisiones... Las prisiones estaban dirigidas por hombres así. Hombres a los que les gustaba observar el sufrimiento ajeno. A los que les gustaba provocarlo. Él había pasado un año en manos de un hombre así.

Y que ella pudiera temer encontrar algo parecido en él, lo ponía enfermo.

—¿Quién te ha hecho daño, Chloe?

Ella pestañeó.

—Yo... Él nunca me tocó. Yo siempre me pregunté por qué. Pero decidí que pensaban que la vida sería mejor para ambos si me ignoraban.

—¿Para quienes?

—Mis padres. Mi padre. Él... —respiró hondo—. Uno de mis primeros recuerdos es de cuando era muy pequeña. No podía sacar algo de la nevera así que fui a buscar a mi madre. Entré en su dormitorio, justo a tiempo de ver cómo mi padre la agarraba por los hombros y la lanzaba contra el armario. Ella se golpeó en la cabeza y se cayó. Es todo lo que recuerdo. Tengo cientos de imágenes como esa en mi cabeza. Mi madre llena de cardenales, mi padre pegándola. Hasta dejarla inconsciente. Poseyéndola contra la pared del pasillo como si yo no pudiera pasar por allí en cualquier momento, de camino a mi habitación.

Hizo una pausa y suspiró.

—Lo odiaba. Odiaba que tuviera tanto poder sobre ella. Odiaba que ella se lo permitiera. Odiaba la pasión que compartían.

—¿Por eso eres científica?

—La ciencia requiere pasión, pero con cierto orden. Se trata de probar un hecho. De descubrir lo que es. De comprender el mundo y el universo. De saber cómo funciona.

—¿Confiabas en que eso te ayudara a entender?

—Sí, pero no fue así. Todavía no. Quizá nunca lo haga. No hay respuesta para ello, no hay ninguna lógica. Es cuestión de emociones y...

—Están más allá de la lógica —dijo él—. En eso estamos de acuerdo.

—Lo he dejado todo por Aden. Y tiene sentido. Él no puede cuidar de sí mismo y me necesita. Pero no sé por qué mi madre eligió quedarse al lado del monstruo que vulneraba todos sus derechos.

—A veces lo que hace la gente no tiene sentido –dijo él–. Tú y yo lo sabemos. Conocemos la oscuridad que alberga el interior del corazón humano.

—Sí –susurró ella–. Eso es exactamente. Y ahora la veo por todas partes.

Él asintió.

—Es algo bastante sensato.

—¿Pero? –inquirió ella.

—Pero yo no lo veo del mismo modo.

—¿Cómo lo ves?

—No hago especulaciones. Descubro lo que es y lo que no es, y actúo. No pierdo tiempo, ni me preocupo por esa oscuridad de la que hablamos. Cuando la veo, la elimino.

—¿Sabes cómo deseaba poder hacer lo mismo? –preguntó ella–. A veces deseaba ser lo suficientemente fuerte como para detenerlo. Pensaba en ello. Fantaseaba con ello. Y entonces, un día le pregunté a mi madre por qué no se iba. Me dijo que el placer que él le proporcionaba merecía el sufrimiento que le provocaba. Y me percaté de que ella no quería que se marchara.

—¿Todavía están juntos?

Ella asintió.

—Pero yo no voy a casa. Nunca. Era como estar en prisión. No regresaré jamás.

—No. Nunca se debe elegir regresar a algo así.

Sayid sabía que observar cómo torturaban a otros era un infierno. Lo había experimentado durante el año que había estado en prisión. Por eso nunca gritaba. Aunque eso lo había aprendido mucho antes. Lo habían hecho sufrir desde corta edad, para enseñarle que no debía derrumbarse ante el sufrimiento.

—No todos los hombres son así, Chloe –dijo él.

—Lo sé —dijo ella.

—Yo no soy así.

Chloe lo miró a los ojos.

—Es difícil confiar. Hay cosas que sé en mi cabeza, pero...

—¿Tu cuerpo cree algo diferente? Yo sé mucho de eso. Sé lo que es obligar al cuerpo a separarse de la mente por completo. A necesitar cosas distintas.

—¿Tú nunca sientes, Sayid? ¿Nunca necesitas?

Sayid contestó sin pensar.

—La gente nace sintiendo —dijo él—. Y necesitando. A mí me arrebataron esa capacidad a muy temprana edad —el recuerdo de Sura vestida de blanco y con un velo invadió su cabeza. Su manera de gritar cuando la obligaron a entrar en el coche...—. A veces, el deseo de recuperar esa capacidad, eso que la gente hace de forma automática, es tan intenso que pienso que va a consumirme.

Chloe sintió que se le llenaban los ojos de lágrimas.

—Estoy segura de que puedes...

—Me entrenaron para ser soldado, Chloe. Para albergar los sueños de otras personas en mi interior. Y proteger las expectativas y la vida de otros. No quedaba sitio para albergar mi propio sueño. Un hombre como yo no puede preocuparse por su propia vida, ya que si no nunca hará lo que debe. No puede necesitar. No puede amar. A mí tuvieron que entrenarme otra vez. Y fue bastante efectivo.

—¿Cómo?

—Mediante condicionamiento. Cuando deseaba algo, me hacían sufrir. Cuando reaccionaba ante el dolor, me administraban más. Hasta que llegó un momento en el que aprendí a no mostrar nada.

—No... Sayid, tus padres no pudieron permitir tal cosa.

—Mis padres no me criaron. Me crio mi tío. Y aunque es fácil que el método horrorice a cualquiera, no puedo negar que al final me salvara la vida. Nunca habría sobrevivido como prisionero de guerra si no me hubieran hecho ese entrenamiento.

—Cuéntame.

—Pasábamos por una zona boscosa cuando nos dirigíamos al campamento enemigo para rescatar a los prisioneros. Se suponía que íbamos en una misión encubierta. Había que intentar que no hubiera víctimas en ningún bando. Alik Vasin era el estratega y la inteligencia de Alik nunca falla.

—¿Qué pasó?

—Fallé. Porque vi que había dos soldados tratando de violar a una mujer y salí de mi escondite para detenerlos.

—¿Y lo hiciste?

—Fue lo último que hicieron los dos —no se arrepentía de lo que les había hecho a esos hombres. Y nunca lo haría.

—¿Y qué sucedió?

—Nos vieron. Y mataron a muchos de mis hombres. A otros, los capturaron. Incluido a mí.

—Y la mujer... ¿Escapó?

—Sí.

—Hiciste lo que tenías que hacer. Lo que habría hecho cualquier hombre decente.

—Pero se supone que yo no soy un hombre decente, *habibti*. Se supone que soy un soldado. Tengo que mirar las cosas de forma global. Hacer lo que provoque menos daño, y no lo hice. Por culpa de las emociones.

Ella negó con la cabeza.

—Tuviste que hacerlo.

—No debería haberlo hecho.

—Estoy segura de que la mujer no piensa lo mismo.

—¿Y qué hay de las mujeres cuyos maridos no regresaron a casa esa noche a causa de esa decisión?

Chloe bajó la vista.

—No lo sé.

–Esa es mi vida, Chloe. Así son las decisiones que he de tomar. Por eso tenía que ser fuerte, para convertirme en un hombre que actuara de manera lógica y no emocional.

–Pero ¿y qué hay de lo que tú quieres?

–Ni siquiera sé lo que es.

–Pero seguro que tienes una meta... Un objetivo.

–Siempre he imaginado que moriría en el campo de batalla. Nunca se me ocurrió que Rashid moriría primero. Ese era mi lugar. No el suyo.

–Pero tú también eres una persona, Sayid. Un hombre.

–Soy un símbolo –dijo él–. Del mismo modo que lo era mi hermano, y del mismo modo que lo será Aden. Pero lo que yo represento es diferente. No puedo ser débil. He de ser fuerte. Hacer justicia. Proteger a mi país. Si fracaso, mi país fracasará.

Ella lo miró a los ojos y se estremeció. Sayid estaba describiendo su manera de ser, lo que ella había visto de él. Que era una máquina, una herramienta empleada para conseguir la voluntad del país, del pueblo.

Y, en ese momento, ella se percató de que era verdad. Porque no había nada más en su mirada.

Pero su manera de besarla en el pasillo. El ardor que había generado. Y la rabia.

–Tener sentimientos tiene pocas ventajas, Chloe, tú lo sabes mejor que nadie. La tentación existe, claro está. Porque aunque no tener sentimientos evita el sufrimiento, también te quita humanidad. Pero mira el dolor que puede causar. Mira lo que provocó en tu casa. A tus padres.

–Lo sé... Yo...

–Hace seis años, en esa misión, me capturaron como prisionero de guerra. Me tuvieron encerrado un año, hasta que Alik Vasin pudo rescatarme y salvarme la vida. Me torturaron. Durante trescientos sesenta y cinco días. Cada día. Trataron de que me derrumbara, de sonsacarme los secretos de Attar. Lo único que me salvó, lo único que me ayudó a mantenerme intacto, fue el vacío que tengo en mi interior. En ese lugar donde otro hombre habría albergado el miedo y el sufrimiento. Gracias a ese vacío, fui capaz de soportarlo.

–Sayid... Lo siento de veras.

–No lo sientas –dijo él–. No necesito compasión.

–Pero lo siento –dijo ella, consciente de que no era eso lo que debía decir.

–No lo hagas.

–Entonces, ¿qué quieres? –preguntó ella–. ¿Qué necesitas?

Él cerró los ojos un instante.

–No lo sé.

–¿Cómo no puedes saberlo?

–Nunca me ha importado.

–Pero estoy segura de que has querido algunas cosas... Amantes, o algo así.

–He tenido amantes –dijo él–. Cuánto las he querido habría que verlo. Tú, sin embargo... –le acarició un mechón de pelo–. Puedo comprender que un hombre se vuelva loco por ti.

–¿Un hombre?

–Sí.

–Pero no tú –lo miró a los ojos–. Está bien.

Él estiró la mano y le acarició la mejilla.

–Cuéntame más cosas acerca de tu vida. ¿Cómo puede ser que Tamara y tú os criarais de manera tan diferente? Ella hablaba de una infancia feliz.

–La madre de Tamara abandonó a nuestro padre. Tamara era casi diez años mayor que yo. Su madre no toleraba el maltrato. Y la mía sí. Tamara nunca lo vio porque, la primera vez que mi padre le levantó la mano a su madre, su madre se marchó. Y la mía le permitió que lo hiciera. Una y otra vez. Ella permitía que él le pegara hasta dejarla inconsciente porque no podía soportar la idea de estar sin él. La mantenía cautiva prometiéndole el placer que acompañaba al sufrimiento.

—Por eso te enfadas cuando te acaricio.

En ese momento, Sayid estaba enojado porque ella hubiera tenido que ver todo eso. No era más que una niña inocente. No lo merecía.

—Me enfado conmigo antes —susurró ella—. Porque podría ser ella, Sayid, ¿no crees? Podría permitir que un hombre tomara el control de mi cuerpo. Por eso, en cierto modo, tienes razón. Es más seguro si uno no tiene sentimientos. Yo siempre los he tenido, pero nunca...

—¿Nunca qué?

—Siempre he tratado de asegurarme de que mi mente fuera más fuerte que mi cuerpo —dijo ella—. Que no me dejara controlar por la pasión.

De pronto, Sayid sintió un intenso deseo de ponerse a merced de su pasión. Era un deseo tan intenso que no pudo evitar sentirlo durante un instante, en lugar de poder mantenerlo en la distancia.

Se fijó en el velo de seda que llevaba en la cabeza y notó una fuerte tensión en la entrepierna.

La sujetó por la barbilla y le levantó el rostro una pizca.

—Entonces, quizá, necesitas controlar la pasión.

Capítulo 10

CHLOE miró a Sayid.

—¿Qué quieres decir exactamente?

—Que depende de ti —dijo él—. Pero quiero que sepas que también tienes poder.

—¿Qué quieres decir?

—Voy a darte una cosa —le quitó el velo de la cabeza y se lo enrolló en la mano.

—¿El qué?

—Control.

—Pero dijiste que... Que lo necesitabas.

—Nunca lo he dado de manera voluntaria pero, esta noche, te lo doy a ti. No podemos pasar la noche en habitaciones separadas —dijo él—. Después de esta noche no importará. La pareja real nunca comparte dormitorio todo el tiempo. Pero hoy tenemos que hacerlo.

Ella asintió. No quería hablar. Quería oír lo que él tenía que decir, ver lo que iba a hacer. Estaba cautivada, era incapaz de resistirse.

Él se acercó al armario y abrió las puertas. La ropa de Chloe estaba allí, junto otras ropas tradicionales de Attar. Él sacó un pañuelo rojo de la percha y se lo enrolló en la otra mano.

—Esta noche no pasará nada que no desees. El poder es tuyo —colocó ambos pañuelos en los pies de la cama, los estiró y se volvió hacia ella antes de quitarse la camisa—. Te doy mi palabra. Esto es lo que quiero, Chloe.

Al ver su torso musculoso estuvo a punto de quedarse sin respiración. Nunca había visto a un hombre así. Y ella no sabía qué hacer con él.

—Yo no... ¿Por qué te has quitado la camisa?

—Porque, si después quieres quitármela, será más difícil —se sentó en el borde de la cama, agarró los pañuelos y se los dio.

Ella dio un paso adelante y agarró los pañuelos.

—Quiero que me ates las manos.

Chloe se quedó boquiabierta.

—No puedo... No... ¿Qué me estás pidiendo? —pensó en él prisionero, a merced de sus torturadores, y se sorprendió de que le pidiera que lo atara. De que le diera ese poder. Esa confianza.

Le estaba pidiendo que hiciera una elección, obligándola a hacerlo. Para que se responsabilizara de una parte de su vida en lugar de permitir que le sucedieran las cosas sin más. Y ella deseaba hacer la elección.

Él se colocó en el centro de la cama y juntó las manos.

—Átame las manos y, lo que suceda después, dependerá de ti.

El miedo se apoderó de ella, junto con un intenso deseo. La idea de atarle las manos y pasar la noche junto a él, explorándolo, acariciándolo...

—Piénsalo como un experimento científico —dijo él.

—Soy física teórica. No hago experimentos... Pienso en cómo funcionan las cosas y hago una ecuación. Así que deduciría que, de la combinación entre tú, yo y esos pañuelos, posiblemente saliera algo placentero. Y después lo escribiría.

—No parece algo muy divertido.

—Quizá no, pero es seguro.

—En la vida nada es seguro. Creo que lo que hemos hecho hoy, y donde estamos, lo demuestra.

Ella miró los pañuelos otra vez. Sayid tenía razón.

Nada era seguro. Los planes cambiaban. La gente moría. No había garantías. Un año antes ella era estudiante,
evitaba las relaciones y no pensaba tener hijos.

Y, sin embargo, allí estaba con Sayid. Casada. Y ejer-
ciendo de madre. Ninguno de los planes que había esta-
blecido le habían salido como pensaba.

Se enrolló el pañuelo en la mano y observó a Sayid
durante unos instantes. Los pezones se le pusieron erec-
tos y comenzó a sentir una fuerte pulsación en la entrepierna.

Lo que sabía acerca del sexo era de forma científica.
También lo había visto, cuando sus padres estaban en
sus buenos momentos, cuando la pasión gobernaba todo
lo demás.

Pero aquello era como un experimento. Era una manera de poseerlo pero manteniéndolo en condiciones
controladas.

–Túmbate –dijo ella–. Y coloca las manos detrás de
la cabeza.

Él obedeció, moviéndose despacio y sin dejar de mirarla.

–¿Estás seguro de que quieres hacer esto?

–Estoy a tu merced –dijo él.

Ella lo miró.

–Te prometo que no haré nada que no quieras.

Él asintió despacio. Ella respiró hondo y se arrodilló
a los pies de la cama, inclinándose hacia él.

–¿Me besas?

Él obedeció y subió la cabeza para acariciarle los labios con la lengua. Ella lo besó también, volcando en
aquel beso su deseo, su rabia, su temor... Dándole todo
lo que había llevado en su interior desde hacía mucho
tiempo.

Se separaron unos instantes, jadeando. Ella apoyó la
frente sobre la de Sayid, mientras trataba de tranquilizar

el latido de su corazón. Agarró el pañuelo blanco y lo enrolló en el poste de la cama, después, enrolló el otro extremo a la muñeca de Sayid.

—¿Así está bien?

Él comprobó el nudo.

—Sí —contestó—. Ahora la otra.

Ella hizo lo mismo con el otro pañuelo.

—Compruébalo.

—Está bien —repuso él.

Ella suspiró y lo miró. Sí, él podía levantarse si quería, podía marcharse. Y eso era importante. Porque aunque quería el control, no quería la dominación total. No quería convertirse en lo que despreciaba.

—¿Y ahora? —preguntó ella.

—Lo que quieras.

—No sé por dónde empezar —colocó la mano sobre su torso y sintió el calor de su piel. Nunca había acariciado a un hombre de ese modo.

Cuando le acarició los pectorales, y pasó la mano por encima de uno de sus pezones, empezaron a temblarle los dedos. Tragó saliva. Aquello era un experimento y ella era una científica. Sentía curiosidad. Y esa noche se dejaría llevar por ella.

—Estás muy fuerte —dijo ella, y le acarició el abdomen—. Estás en muy buena condición física.

—¿De veras? —se rio él.

—Sí —se percató de que tenía una cicatriz en el vientre—. Oh... Sayid. Tienes cicatrices.

—Muchas —dijo él, y ella supo que no solo se refería en la piel.

—Te has recuperado bien —susurró ella—. Si es que eran tan graves como parecen.

—Lo eran. Y más.

—Sí. Eres muy fuerte.

—¿Estás pensando en escribir todo esto en tu pizarra?

–Es posible.

–¿Por qué hablas tanto?

–Porque no sé qué más hacer –dijo ella, riéndose con nerviosismo–. Nunca he estado en esta situación.

De hecho, nunca la habían besado hasta que Sayid la besó en el pasillo. Y, de pronto, estaba allí, en la cama con él, pero el ritmo lo llevaría ella.

Se inclinó y lo besó de nuevo, después lo besó en el cuello y en el torso.

–¿Te gusta?

Él gimió y ella empezó a acariciarle el abdomen con la punta de la lengua.

Sayid se estremeció.

–Si tuviera las manos libres...

–Pero no las tienes. Esta noche eres mío.

Chloe se disponía a desabrocharle los pantalones cuando notó su miembro erecto. Era mucho más grande de lo que esperaba, y no estaba preparada para ello.

Piel contra piel. Eso era lo que quería. Llevó la mano a su espalda y se desabrochó la cremallera del vestido. Se lo bajó hasta la cintura y se desabrochó el sujetador, quedándose desnuda de cintura para arriba.

–¿En qué estás pensando? –dijo él.

–¿Y tú?

–En nada. No puedo pensar contigo así. Por fin veo tus pechos. Son preciosos.

–Los hombres sois fáciles de complacer.

–En cierto modo.

–Me alegro.

Respiró hondo y se tumbó sobre él. Sayid respiró hondo y, al sentir el roce de su vello sobre los pezones, ella se estremeció.

–Ahora los tengo muy sensibles –dijo Chloe–. Nunca me había pasado, pero es muy agradable.

Arqueó la espalda y comenzó a moverse de delante

a atrás. Al instante notó que se le humedecía la entrepierna. Metió la mano bajo la cinturilla de los pantalones de Sayid y se los bajó. Se detuvo un instante para
contemplar su cuerpo desnudo y le acarició el miembro
erecto con un dedo. Estaba caliente. Y suave. Él gimió
y se estremeció de nuevo. Chloe sabía que quería liberarse, pero él no lo pidió. Ella tampoco se lo ofreció.

Le rodeó el miembro con los dedos y se lo acarició
otra vez, pero con más fuerza.

–¿Así? –le preguntó.

–Sí. Sí.

–No tengo mucha experiencia en esto.

–Lo estás haciendo muy bien. Mejor que bien.

–Me alegro. ¿Te gusta cuando una mujer te cubre con
su boca?

–¿Qué?

–¿Te gusta el sexo oral?

–¿Hay algún hombre al que no le guste?

–No lo sé. Ya te lo he dicho, no tengo mucha experiencia. Y nunca he hecho esto antes.

–Chloe...

Ella le acarició el pene con la lengua y percibió su
sabor salado. Descubrió que le gustaba, casi tanto como
utilizarlo para estimularse. Continuó acariciándolo y se
introdujo su miembro en la boca. Notó que empezaba a
temblar.

–Chloe, tienes que parar.

–No tengo por qué, estás a mi merced.

–¿Tienes idea de lo cerca que estoy de...?

Ella sabía lo que él quería decir. Y no quería que
aquello terminara. Tampoco quería dejar de saborearlo,
porque la alternativa era pasar a la siguiente etapa y no
estaba segura de estar preparada para ello.

–Chloe –suplicó él–, bésame los labios.

Ella lo complació y lo besó despacio.

–Sube un poco más –le pidió él, y cuando ella se movió comenzó a acariciarle los pezones con la lengua.

–Ten cuidado –dijo ella, retirándose–. Puede que esto tenga consecuencias no deseadas.

Se incorporó un instante y se quitó el vestido. Pensó en cómo había quedado su cuerpo después del embarazo. Y en lo que opinaría Sayid.

Colocó la mano sobre su vientre, tratando de ocultar su piel flácida y la marca de las estrías.

–No te escondas –dijo él–. Y quítate la ropa interior.

–Se supone que la que manda soy yo. Nada que yo no desee, ¿recuerdas?

–Por favor –dijo él.

La desesperación que había en su tono de voz hizo que Chloe olvidara sus inseguridades.

–Si me lo pides así –se quitó la ropa interior y se quedó completamente desnuda.

Se arrodilló sobre la cama y contempló a Sayid, tratando de decidir qué hacer con él.

–Estás muy pensativa.

–Así es. Hay muchas opciones y me gustaría elegir la adecuada.

–¿Y por qué no escoger todas? –preguntó él.

–Es una idea estupenda.

Se inclinó y le acarició la parte interna de un muslo con la lengua. Después le besó en el vientre y el torso y se colocó a horcajadas sobre su cuerpo, rozándole la boca con los labios. Él inclinó la cabeza y la besó. Ella le acarició el mentón con la lengua y le mordisqueó la barbilla.

–Chloe, por favor –suplicó él con desesperación.

A pesar de su inexperiencia, ella supo perfectamente qué era lo que quería.

Apretó el cuerpo contra el de Sayid y, al sentir su miembro erecto sobre el clítoris, se estremeció de placer.

–Te deseo –dijo ella, disfrutando de su cercanía y olvidando cualquier indicio de temor.

–Tómame.

Ella respiró hondo y movió las caderas para introducir su miembro erecto en su cuerpo. Estaba húmeda y eso facilitó la penetración. Sin embargo, mientras él se acomodaba en su interior, ella notó un ligero dolor. Fue un instante, y cuando desapareció, una sensación de plenitud la invadió por dentro.

–Sí. Oh, sí... Me gusta.

Él arqueó las caderas para rozarle el clítoris con la pelvis, provocando que una ola de placer se apoderara de ella.

–Levanta tus caderas –dijo Sayid.

Ella obedeció y comenzó a moverse arriba y abajo, friccionando su miembro una y otra vez y experimentando un inmenso placer.

Aceleró el ritmo y, de pronto, sintió como si se resquebrajara por dentro. Era incapaz de pensar, solo podía cabalgar sobre el cuerpo de Sayid y disfrutar del orgasmo.

Entonces, él empujó con fuerza una vez más y gimió justo antes de llegar al clímax. Ella se inclinó y lo besó en la boca, saboreándolo.

Chloe se había dejado atrapar por la pasión en su estado más puro. Y no había sentido miedo, sino que se había dejado llevar.

Capítulo 11

SAYID trató de calmar su respiración. Tenía el corazón tan acelerado que pensaba que iba a salírsele del pecho. Todavía estaba atado y la musculatura le dolía de estar en la misma postura tanto tiempo.

Había estado atado en otras ocasiones. Encadenado a una pared y golpeado. Incapaz de moverse, incapaz de liberar el sufrimiento y la angustia que sentía.

No estaba seguro de por qué había permitido que lo ataran otra vez, quizá quería demostrarse que estar atado no siempre implicaba sufrimiento, que también podía sentir placer. Y, desde aquel momento, cuando soñara que lo ataban por las muñecas, no esperaría oír el sonido del látigo, sino sentir la lengua cálida de Chloe sobre su piel.

Deseaba abrazarla. Y no había deseado abrazar a nadie desde hacía años.

—Chloe...

—¿Sí? —preguntó ella, mirándolo con sus ojos azules.

—¿Puedes desatarme las manos?

—Dijiste que podía dejarte así toda la noche.

—¿Todavía me tienes miedo? —preguntó él.

—No —dijo ella—. Pero me gustas así.

—Me parece bien, pero se me está durmiendo el hombro derecho.

—¡Vaya! —ella se incorporó sobre su torso y comenzó a desatarle las muñecas.

Una vez liberado, él tuvo que contenerse para no tomarla entre los brazos y tumbarse sobre ella para sentir otra vez la presión de su cuerpo. Pero no podía hacerlo. No después de lo que había sucedido entre ellos.

—¿Puedo? —preguntó él, rodeándola con el brazo y acariciándole el trasero—. Necesito tocarte. Eres tan suave. ¿Ha sido un experimento exitoso?

Ella se rio y ocultó el rostro contra su pecho.

—No es muy concluyente. Hay que probar los resultados y volver a realizar el experimento en un ambiente controlado.

—¿Repetirlo? —su cuerpo reaccionó al instante.

—Para la ciencia —contestó ella muy seria.

—Estás muy dedicada a tu trabajo —dijo él, y se tumbó sin dejar de abrazarla.

—Lo estoy —contestó, acariciándole el pecho—. Supongo que ya hemos hecho oficial el matrimonio.

—Eso creo.

—¡Uy! ¡Maldita sea! —Chloe se sentó en la cama al oír que Aden lloraba.

—¿Qué? —preguntó él.

—Enseguida vuelvo —agarró un batín del armario y se lo puso antes de salir de la habitación.

Momentos más tarde, regresó con Aden en brazos y se sentó junto al tocador.

—Lo siento. Lo he oído llorar —se abrió el batín y colocó al niño en su pecho.

Sayid no pudo hacer más que observar la manera en que se ocupaba del pequeño. Entonces, comprendió por qué lo había dejado todo. Porque era la madre de Aden en todos los sentidos. Y eso era lo único que importaba.

De pronto, una devastadora sensación lo invadió por dentro. Él nunca sería el padre de Aden. Ni el verdadero esposo de Chloe.

Un amargo deseo se instaló en su pecho. Un deseo de

algo importante. De algo que no podría tener. Nunca. Recordó a Sura y al bebé que no le dejaron tener. Su bebé.

Cuando Sayid descubrió que estaba embarazada imaginó una escena como aquella. Era feliz. Muy feliz. Y poco después, le arrebataron todo, provocando que aquella imagen se transformara en la de algo que nunca podría tener.

Nunca.

Lo que había sucedido esa noche, no podría volver a suceder. Había bajado sus defensas y no iba a resultarle fácil levantarlas de nuevo. Le dolía el pecho a causa del deseo que sentía, el deseo de algo que nunca podría tener.

No. Lo que había sucedido aquella noche, no podría volver a suceder.

Chloe había pasado la noche en la cama con Sayid, pero no había sido como ella esperaba. Después de hacer el amor, él había estado muy cariñoso con ella, pero después de que ella amamantara a Aden y lo llevara de regreso a su habitación, Sayid había cambiado. Era como si hubiera erguido una barrera entre ambos.

Al día siguiente, ella paseaba por el palacio llevando a Aden en una mochila y tratando de no ahogarse en la confusión.

¿Qué había significado todo aquello para él? ¿Volvería a suceder? ¿Le había gustado tanto como a ella?

Las imágenes de la noche anterior invadieron su cabeza. Sayid mirándola con deseo y penetrándola con las manos atadas. Chloe se estremeció y deseó sentirlo en su interior una vez más. Y otra.

Era por la tarde y, a través de la ventana, se veía la luz anaranjada del sol reflejada en el mar.

—Jequesa.

Chloe levantó la vista y vio a Sayid en el pasillo.

–Jeque –contestó ella.

–Confío en que hayas descansado bien.

Él actuaba como si no hubiese sucedido nada entre ellos.

–Por supuesto. Espero que no tengas la marca de los pañuelos.

–Parece que estoy intacto –dijo él, arqueando una ceja.

–Me alegro.

–Chloe, lo que pasó anoche no debe repetirse.

–¿Por qué no? –preguntó ella sin pensar–. ¿Porque no te gustó? ¿No te gustó mantener relaciones sexuales conmigo porque tengo estrías? ¿O porque era una mujer virgen que no sabía lo que estaba haciendo? Sabes, es muy intimidante estar frente a un hombre desnudo y que te diga que hagas lo que quieras con él cuando no...

–¿Una qué? –preguntó él, asombrado.

–Una virgen.

–¡Has tenido un hijo!

–No veo por qué te sorprendes. Sabes muy bien cómo lo concebí.

–Lo siento, debí de haberme fijado en la estrella de Oriente, quizá así lo habría imaginado.

–O sea, que te supone un problema.

–¡Sí! –exclamó él–. No. No es por eso por lo que no puede volver a suceder.

–Entonces, ¿por qué no?

–¡Porque no eres mi verdadera esposa!

–Ah. Yo... Bueno, sí, lo soy –dijo ella.

–Eres mi esposa sobre el papel –dijo él–. Pero no quiero confundir nuestra relación de esta manera.

–Ya veo, ¿y ahora dirás que te até y te obligué? Lo siento, Sayid, pero no puedes hacerlo. No me lo creo. Y nadie lo creerá. Anoche tuviste mucho tiempo para decirme que no.

–No quería, pero debería haberlo hecho. Sabía que no tenía que haber llegado tan lejos, y permití que pasara. Razón de más para que no vuelva a ocurrir. Y, además, eras virgen –blasfemó.

–Sí, lo sé. Eres el único que se ha sorprendido por eso. Yo era consciente en todo momento.

–Pues deberías habérmelo contado.

–¿Para que no hubiera pasado? Entonces, me alegro de que no lo supieras, porque necesitaba que sucediera. Y, de hecho, necesitaba que sucediera de ese modo. Me dejaste tener el control, me obligaste a aceptarlo, y creo que no lo había hecho nunca. No, nunca.

–Por supuesto que sí –dijo él–. Estás a punto de doctorarte, no creo que hayas sido una mujer pasiva.

–De acuerdo, en el ámbito académico he hecho cosas. Muchas cosas. Pero ahí me resulta fácil tener el control. Siempre he vivido pendiente de mi cabeza, Sayid. Y Aden... Aden me obligó a empezar a pensar en mi cuerpo, a conectar con mi lado físico. A darme cuenta de que soy una mujer, no solo un cerebrito. Y tú... Tú me hiciste tomar una elección, para que no siguiera dejándome llevar por la vida. Para que no sintiera miedo y nada más. No pidas que me arrepienta de ello.

–No necesito que te arrepientas.

–Pero tú sí te arrepientes.

–Debo hacerlo –dijo él.

–¿Por qué?

–Porque no soy el hombre adecuado para ti. No soy el hombre adecuado para una mujer virgen.

–Por favor, Sayid, actúas como si fuera una mujer inocente, y no lo soy. Nunca había estado con un hombre, pero elegí estar contigo. Sé cómo funciona el sexo. Y he dado a luz. He visto a mi madre quedar inconsciente por culpa de los golpes. He sufrido la muerte de mi hermanastra, la única familia con la que podía estar, antes de conocerla bien. Y he tenido que luchar por el hijo que considero mío, aunque no sea mi hijo biológico. Así que no me trates como si fuera una mujer frágil. No oses protegerme. Sé que eres producto de la violencia. Pues yo también, y no tengo nada de inocente. No, nunca había mantenido relaciones sexuales, pero eso no significa que sea tan ingenua como para mirar el mundo con gafas de color rosa. Me alegro de que este matrimonio sea algo temporal, y un poco de sexo no va a cambiar nada.

—¿Crees que no?

—No —repuso ella.

—¿Crees que me deseas? ¿Quieres que esté cada noche en tu cama?

—Mientras nos complazca a los dos —contestó, sin estar segura de por qué.

—¿Y con las manos desatadas? —le acarició la mejilla—. Para que pueda tumbarte sobre la cama, tal y como fantaseaba. Para que pueda sujetarte las caderas mientras te penetro. ¿Qué te parece?

Ella tragó saliva.

—Sí —no estaba segura de qué era lo que hacía que fuera tan valiente.

Lo miró a los ojos y encontró la respuesta. Sayid había dicho que no tenía sentimientos, pero era mentira. Una mentira que él se había creído al pie de la letra. En esos momentos, Chloe supo que podía confiar en él.

—Sí —dijo ella—. Sé que no me maltratarás. Que no me harás daño. Que nunca utilizarás como castigo el deseo que siento por ti. Y tampoco emplearás tus puños conmigo. Dime si me equivoco.

—Chloe...

—No puedes. Porque no me equivoco. Tengo razón y lo sabes. No te tengo miedo —dijo él, colocando una mano sobre su torso—. No necesito tenerlo.

—Nunca te haré daño físicamente, Chloe. Nunca. Pero

podría hacerte daño de otras maneras. Nunca te amaré. No puedo.

–¿Quién ha dicho que eso es lo que quiero? Yo no. De hecho, he dicho justo lo contrario. Solo quiero que esto dure mientras podamos disfrutarlo. Nunca he disfrutado de algo así. Siempre he tenido tanto miedo... Me he esforzado mucho en mi vida profesional, pero no en la sentimental.

–Lo has hecho con Aden.

–Es la primera persona con quien lo he hecho. La primera persona a la que me he sentido unida de verdad –lo miró y continuó–: Te deseo, Sayid. Mientras nos deseemos mutuamente. ¿Crees que podrás conmigo?

–*Habibti*, no soy yo por quien debes preocuparte.

–Nunca se sabe.

–Intentas ver algo en mí que no existe.

–Quizás –susurró ella.

–No –dijo él–. Quiero que comprendas una cosa, no es que me traumatizaran en prisión y saliera así. Ya era así cuando entré. Y gracias a eso sobreviví. Sería capaz de morir por salvar una vida, y no porque sea muy valiente, sino porque no veo futuro para mí. Y es porque no siento nada. Porque las cosas no significan nada para mí.

Sus palabras la dejaron de piedra pero, en parte, se negó a creerlas.

Dio un paso adelante y, sin soltar a Aden, rodeó a Sayid por el cuello. Se puso de puntillas y lo besó de manera apasionada. Él la sujetó por las caderas y la besó también.

Cuando se separaron, ambos respiraban de manera acelerada. Ella apoyó la frente sobre la de Sayid y cerró los ojos.

–Hazme un favor –le dijo.

–¿Cuál?

–No mueras por salvar a nadie de momento. Puede que a ti no te importe, pero a mí sí.

Él se quedó en silencio un instante.
—Hazme un favor, Chloe —dijo al fin.
—¿Cuál?
—No te preocupes. Y menos por mí.
Era demasiado tarde para eso.
—Haré lo que pueda.

Capítulo 12

A SAYID nunca lo habían acusado de ser imprudente. Era un estratega y, aunque corría riesgos, siempre los tenía bien calculados.

Pero, con Chloe, había sido imprudente.

No se había percatado de su inocencia porque no había querido percatarse. El deseo de perderse en su interior había sido demasiado intenso como para obviarlo. Y, al día siguiente, trataba de olvidar la oferta que ella le había hecho de permanecer juntos mientras ambos lo desearan.

Lo deseaba. Más de lo que debía.

Se pasó las manos por el cabello y contempló el océano desde la ventana de su despacho. Era como si estuviera en el cuerpo de otro hombre. Como si empezara a recobrar los sentimientos. Y eso lo asustaba. De pronto, se sintió aprisionado en aquella habitación. Se levantó y bajó por las escaleras. Se quitó la chaqueta y la camisa del uniforme real y salió al exterior para dirigirse hasta la playa. Una vez allí, contempló el horizonte y el movimiento infinito de las olas del mar. Pero seguía sintiéndose atrapado.

Había salido del despacho, se había quitado el uniforme y, sin embargo, nada había cambiado. Si hubiese podido, se habría arrancado la piel. Lo estaba asfixiando.

Se encaminó hasta unas rocas y se apoyó sobre una de ellas.

–¿Sayid?

Él levantó la vista y vio que Chloe se acercaba por la arena, con el cabello alborotado por el viento.

—¿Qué haces aquí, Chloe?

—Te he visto bajar.

—¿Dónde está Aden?

—Durmiendo. Y la niñera está con él.

—Así que decidiste seguirme. Pensé que esta tarde te habría frustrado lo suficiente y que me evitarías.

—Creía que eso ya estaba zanjado —dijo ella, deteniéndose junto a la roca para protegerse del viento.

—No sabes lo que pides, pequeña virgen.

—Ya no soy virgen. Y no hagas eso. No intentes que parezca que no entiendo nada simplemente porque nunca había mantenido relaciones sexuales. Conozco los misterios del Universo, así que el sexo no me ha impactado.

—¿Ah, no? —preguntó él, acariciándole la mejilla. Se había vuelto adicto a esa sensación y deseaba acariciarle el cuerpo desnudo.

—Bueno, en cierto modo, sí —bajó la mirada y se sonrojó.

—Chloe, deberías regresar.

—No. Deja que te diga una cosa, Sayid al-Kadar, puede que tú no quieras aceptar tus sentimientos, pero yo sí. Sé lo que deseo.

—¿Y me deseas a mí? Vaya pérdida.

—No lo es. Después de todo, soy tu esposa.

—No de verdad —dijo él con frialdad—. Nunca serás mi esposa en el verdadero sentido. Y, aunque lo seas durante un breve periodo de tiempo, ¿no te das cuenta de que corres peligro?

—No veo ningún peligro. Y es curioso porque solía pensar que cuando un hombre se acercara a mí sentiría miedo. Pero tú no me das miedo.

—Debería. Para el resto del mundo eres mi esposa y eso significa que eres vulnerable en caso de que me ataquen.

—Cuando estoy contigo, no me siento vulnerable, me siento fuerte.

Se acercó más a él.

—No sobrevivirías a los hombres con los que me he enfrentado.

—¿Attar está en guerra en estos momentos?

—No.

—¿Y se rumorea que pueda haberla?

Él negó con la cabeza.

—Desde que me capturaron y me liberaron, todo ha estado tranquilo. El mensaje que Alik Vasin transmitió a nuestros enemigos después de rescatarme fue... Los dejó impactados.

—Entonces, no es eso lo que realmente te preocupa.

—Sé lo que puede pasarle a un hombre que cae en manos de los que son verdaderamente malos. ¿Puedes imaginarte lo que habrían hecho si hubiesen podido aprovecharse de mi debilidad? Si a mí me hubiese importado mi vida. ¿O la vida de otra persona? —le cubrió la mejilla con la mano.

—Así que pasas por la vida sin preocuparte por nadie.

—Es lo único que puedo hacer, Chloe. Creo que no lo comprendes. No puedo hacer más. No me entrenaron para ser un hombre, sino una máquina. Y es demasiado tarde para cambiarlo.

Chloe lo besó como solo ella podía hacerlo. De manera inexperta pero llena de pasión.

—¿Otro experimento, Chloe? —preguntó él cuando se separaron.

—No, esto nada tiene que ver con la ciencia.

—Pensé que querías que todo fuera científico para poder darle una explicación.

—No quiero explicar esto, solo quiero vivirlo.

Lo rodeó por el cuello y él la estrechó entre sus brazos. De pronto, se sintió liberado.

—Chloe... —le acarició el cabello y la besó en los labios, devorándola con la lengua–. ¿Estás bien? –le preguntó momentos después.

Ella asintió.

–Estoy bien. Siempre y cuando no pares.

–No pienso hacerlo, *habibti*.

–Perfecto.

Sayid le retiró la parte de arriba del vestido para dejar sus senos al descubierto.

–Nadie nos verá –dijo él, ardiente de deseo.

–Ni siquiera había pensado en eso –dijo ella.

Él inclinó la cabeza y le acarició los pezones con la lengua.

–Ten cuidado cuando hagas eso.

Él la ignoró y la acarició de nuevo.

–Oh, Chloe, cuando no era capaz de tocarte me perdí demasiadas cosas –la miró a los ojos y vio que estaba excitada.

–Me temo que yo también.

–Deja que te demuestre cuánto.

Le levantó la falda y metió las manos bajo su ropa interior. Ella se estremeció y él le mordisqueó el labio mientras le acariciaba la parte interior de los muslos, sintiendo la humedad de su entrepierna.

–¿Me deseas?

–Sí –susurró ella.

–Dímelo. Dime cuánto me deseas.

–Te deseo tanto que resulta doloroso –susurró ella, besándolo en el cuello.

–Dime lo que quieres –añadió él, acariciándole el centro de su feminidad.

–Te quiero a ti –jadeó ella–. Quiero sentirte en mi interior.

–¿Así? –preguntó Sayid, introduciendo un dedo en su cuerpo.

–Más –dijo ella, con voz temblorosa.

—¿Así? —metió otro dedo y comenzó a moverlos de manera rítmica.

Ella arqueó el cuerpo y le rozó el torso con los pechos desnudos. Él sintió que estaba a punto de estallar, que el corazón podía salírsele del cuerpo, y que llegaría al orgasmo con solo darle placer.

Pero necesitaba más.

Retiró la mano y ella se apoyó en él.

—No...

—No hemos terminado —la colocó contra la roca—. ¿Te haces daño?

Ella negó con la cabeza.

—Bien —se arrodilló frente a ella y tiró del vestido para quitárselo del todo. Después, la besó en el vientre, justo por encima de la ropa interior.

Ella introdujo los dedos en su cabello mientras él la desnudaba por completo.

Sayid la besó una vez más y ella se estremeció.

—Eres preciosa —le dijo, acariciándole las estrías del vientre—. Una vez pensé que eras una tigresa. Y lo eres. Te has ganado estas marcas y estoy impresionado por lo que representan.

—Son muy feas.

—No lo son —la besó de nuevo—. Toda tú eres muy bella.

Deslizó la boca a su entrepierna y la acarició con la lengua antes de introducirla en su cuerpo. Ella comenzó a gemir de placer.

Pero no era suficiente.

—Te deseo, Chloe —dijo él.

—Posééme —dijo ella.

Él se puso en pie y le levantó una pierna para que lo rodeara por la cintura. Se bajó los pantalones y la penetró.

—¿Estás bien? —preguntó.

Ella asintió sin dejar de mirarlo a los ojos. Él la penetró de nuevo, una y otra vez. Agachó la cabeza y la besó en el hombro. Cerró los ojos tratando de buscar el máximo placer, de sentirse completo. De unir su cuerpo y su mente. Porque deseaba a Chloe con todo su ser. Ya no había ninguna barrera entre ambos.

—Sí —jadeó ella—. Oh, sí.

Y al ver que el orgasmo se apoderaba de ella, él se dejó llevar y alcanzó el clímax también.

En ese momento, supo que había encontrado su lugar. Era Sayid, tal y como debía ser. Un cuerpo, una mente y un corazón. Y era capaz de sentir. Tanto que pensó que moriría por ello.

La abrazó con fuerza y se tumbó sobre la arena sin salir de su cuerpo. Le acarició el cabello, la besó en el rostro y en el cuello, incapaz de hacer nada más que vivir el momento.

Porque estaba seguro de que no duraría.

No podía permitirlo.

Chloe no podía creer que se hubiera quedado dormida sobre la arena, desnuda y abrazada a Sayid. Cuando despertó, había oscurecido y las estrellas iluminaban el cielo.

—¿Sayid?

—Estás despierta.

—Sí —dijo ella—. Supongo que es normal que la gente se quede dormida después de un orgasmo, pero me sorprende que me haya dormido sobre la arena.

—Chloe, siempre has de razonarlo todo.

—Contigo no tanto.

—A mí me pasa lo mismo.

—Al menos no solo me pasa a mí —se hizo un silencio—. ¿Qué pasó?

—¿Qué quieres decir?

—Antes de la prisión. Antes de que perdieras a tus

hombres. Me dijiste que entraste en prisión siendo el hombre que eres ahora. Y quiero saber qué sucedió.

—Me criaron para ser un soldado. Eso significa que me criaron sin nada de delicadeza.

—¿Eso es todo? Yo también me crie con gente a la que no le importaba y sin embargo...

—¿No eres como yo?

—No. Intenté serlo. Intenté razonarlo todo y mantenerme alejada de la pasión pero... no soy así y no puedo evitar ser quien soy. Ahora incluso quiero ser como soy.

—Porque quieres a Aden —dijo él.

—Sí —admitió ella, sin añadir que también lo quería a él—. Pero tú no puedes. Y quiero saber por qué.

Él respiro hondo y la abrazó con fuerza.

—No es algo de lo que suelo hablar.

—Lo sé.

—Y, sin embargo, me lo has preguntado.

—Porque creo que necesitas hablar de ello. Yo tampoco hablo de mis padres, y te lo he contado. Desde entonces siento como si empezara a superarlo.

—Hay heridas que no se pueden curar, Chloe.

—Por favor.

—Te lo he contado, me crio mi tío Kalid. Viví con él desde que tenía siete años. Él me mantuvo alejado de otros niños. Me ocultó las fotos de mi familia porque pensaba que podía volverme débil. Me llevó al desierto a vivir con los beduinos. Uno se vuelve fuerte en ese ambiente, sin embargo, fue allí donde encontré mi mayor debilidad. Se llamaba Sura. Yo no era más que un niño cuando nos conocimos. Ambos teníamos doce años. Y deseaba que fuera mía para siempre. Se convirtió en mi mejor amiga. Me ayudó a que siguiera sintiéndome vivo después de las palizas que me daba mi tío. Era muy bella. Cuando cumplimos dieciséis años, supe que la amaba —hizo una pausa antes de continuar—. Mi tío no era estúpido, y el padre de ella tampoco, así que descubrieron nuestra relación. Pero después de que ella se quedara embarazada.

Chloe contenía la respiración, consciente de que aquella historia no tendría un final feliz.

—Cuando me enteré de que iba a tener un bebé, me sentí feliz. Éramos jóvenes pero... Suponía que encontraríamos la manera de burlar el sistema en el que vivía. De salir de aquel infierno. Pero era mi destino, Chloe, había nacido para ello.

—¿Qué pasó?

—La llevaron a una clínica de la ciudad y la hicieron abortar. Después, la vendieron al jefe de otra tribu, al que no le importaba tomarla por esposa a pesar de lo que había sucedido.

Ella notó que él empezaba a temblar.

—Gritaba mi nombre, Chloe, y ellos me inmovilizaron para que no pudiera hacer nada.

Chloe comenzó a llorar.

—No...

—Sí. Me sujetaron hasta que me liberé. Entonces, uno de los hombres del padre de Sura me golpeó en la cabeza con la culata de su pistola y... todo terminó. No solo fue mi tío. El padre de Sura no me quería para su hija.

—Oh... Sayid... ¿Cómo lo soportaste?

—¿Cómo no iba a hacerlo? Ella lo pasó mucho peor que yo, porque yo le importaba. Eso reafirmó mi lugar en la vida –suspiró–. Cuando me hice con el control del ejército de Attar, tras la muerte de Kalid, lo primero que hice fue mandarlo a su rescate.

—¿Tú no fuiste?

Él negó con la cabeza.

—Ya no tenía nada que ofrecerle.

—¿Y ella estaba bien?

—Estaba contenta. Su primer marido había muerto y

había vuelto a casarse con un hombre que la llevó a vivir a la ciudad. Pero durante esos años sufrió... Nunca perdonaré a los hombres implicados. Por la muerte de mi hijo. Por lo que le hicieron a Sura, por el sufrimiento que padeció porque me amaba –respiró hondo–. Yo fui idiota. Pensé que podía ser el hombre que debía ser y seguir teniendo la capacidad de amar. A una esposa. A un hijo. Cuando descubrí que la habían entregado a otro hombre... –el dolor que sentía provocó que le temblara la voz–. Fue culpa mía, Chloe. Kalid me lo dijo. Si no hubiese mostrado tanta debilidad por ella... Por eso la convirtieron en objetivo. Y ese día prometí que nunca volvería a mostrar debilidad. Más que eso, que no volvería a sentir nada parecido. ¿Cómo podría haber ido a la batalla con una mujer esperándome en casa? ¿Y si hubiese querido más a quienes tenía en casa que a mi pueblo?

–Habrías sido un hombre y no una máquina –dijo ella, con amargura.

–No podría permitírmelo.

–¿Y cómo puedes permitirte esto?

–Es mi vida. Es mi propósito.

–¿Y qué hay de lo que tú quieres? –se separó de él y se sentó–. ¿Qué pasa contigo?

–Yo no importo.

–Sí importas, Sayid, ¡sí importas!

–No puedo.

–Tu tío era un bastardo. Y se equivocó. ¿Lo sabes? Yo soy más fuerte desde que amo a Aden. Cuando no quería a nadie, era débil. He empezado a vivir desde que nació él.

–Me alegro por ti, Chloe, pero eso no es para mí.

Ella se volvió y comenzó a recoger sus cosas.

–Chloe –dijo él–, tienes la espalda...

–¿Qué? –se tocó la espalda y notó que tenía unos arañazos–. Es de la roca.

–Te he hecho daño.

–No.

–Sí.

–Sayid, estoy bien.

–No estás bien. ¿Eso es lo que sacarás de mí? ¿Dolor? Quizá sí seas igual que tu madre. Y quizá yo sea un monstruo –se puso en pie y se vistió.

–No digas eso. Nos estás despreciando a los dos.

–Creo que se aproxima mucho a la verdad.

–No es cierto. No me has hecho daño a propósito.

–Pero algún día sufrirás por mi culpa. Aunque el daño te lo inflija otra persona. Lo que conseguirás a cambio no merecerá el riesgo. Porque lo único que podrás obtener de mí, será sexo.

–No solo es sexo.

–Escúchate –gritó él–. No sabes nada de hombres. Lo tuyo es la teoría y esto nada tiene que ver con eso. No puedo darte nada. No quiero darte nada. Dolor es lo único que obtendrás de mí.

–Eso es mentira, Sayid. Ambos lo sabemos. Ahora no me proteges a mí. Te estás protegiendo a ti.

–Y tú quieres ver lo que no hay –le agarró la mano y la colocó sobre su pecho–. No hay nada aquí. Nada.

La soltó y se marchó, dejándola desnuda sobre la arena, con el vestido apretado contra el pecho.

Ella habría sucumbido ante la desesperación, si lo hubiese creído.

Si no hubiese visto el miedo y la desesperación en su mirada. Lo que demostraba que era igual de capaz de sentir que cualquier hombre.

Estaba ahogándose en su propio cuerpo. Y a menos que ella consiguiera salvarlo, nadie lo haría.

Capítulo 13

UNA BUENA estrategia lo era todo. Y la de Sayid era mentir. Al mundo, y a sí mismo.

Chloe le había dejado un par de días para que se relajara y había permitido que la evitara, pero ya estaba preparada para actuar.

–Hola, Sayid –le dijo al entrar en el comedor con Aden en brazos.

Sayid estaba sentado en el cabecero de la mesa y tenía la cena y un ordenador frente a él.

–Chloe. No te esperaba.

–¿Lo dices porque la última vez que me viste te comportaste como un auténtico bastardo y me acusaste de ser como mi madre después de acostarte conmigo en la playa? Sí, entiendo por qué no me esperabas para cenar. Pero Aden y yo vamos a acompañarte. ¿No eres afortunado?

–«Afortunado» no es la palabra que estaba buscando.

–¿Estás seguro? Quizá tu inglés no sea tan bueno.

–No creo.

–¿Crees que podrían servirme algo para cenar?

Sayid arqueó una ceja y llamó al timbre para que le sirvieran la cena.

–Gracias –dijo ella, con una sonrisa.

–De nada.

–Para ser un hombre que dice no tener sentimientos, parece que mi presencia te inquieta.

–No eres tú la que me inquieta.

—Podrías haberme engañado —se volvió hacia el camarero—. Gracias —le dijo, y se dirigió a Sayid una vez más—. ¿Qué has hecho hoy?

—¿Intentas darme conversación?

—¿Si no cómo llega a conocerse la gente?

—Pueden mantener relaciones sexuales en la playa. Parece que funciona muy bien.

Ella se sonrojó.

—Basta.

—¿Qué?

—Deja de intentar asustarme con tus comentarios.

—No intento asustarte, simplemente no voy a tratar de endulzar las cosas por ti.

Ella miró el plato de comida y se cambió a Aden de brazo. Después miró a Sayid.

—¿Podrías sostenerlo? Me gustaría comer.

—¿Dónde está su niñera?

—Le he dado el día libre.

—¿Por qué?

—Todo el mundo necesita un día libre.

—Estoy seguro de que Aden estará bien si lo dejas en algún sitio.

—¿Qué más te da sujetarlo un momento, Sayid?

—Dámelo —contestó con brusquedad.

Él sabía lo mucho que Aden significaba para ella. Y que había dejado de lado toda su vida por estar con él.

Aquella era la manera de demostrarle lo mucho que confiaba en él. Y Sayid lo sabía.

Chloe le llevó al niño y, antes de entregárselo, le dijo:

—Sujétale la cabeza.

Sayid la miró muy serio. Estaba intentando no experimentar ningún sentimiento. Porque tenía demasiados. Porque no quería que volvieran a usarlos en su contra.

—Ni siquiera ha llorado. Conoce a su tío.

Sayid estaba muy tenso, pero sujetó al bebé contra su cuerpo.

Ella regresó a su silla y comenzó a comer, sin dejar de mirarlos. Sayid observó al bebé con expresión protectora y de vulnerabilidad. Al verla, Chloe se quedó de piedra.

Al instante, su rostro recuperó la expresión de frialdad a la que ella estaba acostumbrada. Sayid dejó de mirar a Aden y miró a la pared de enfrente. Tenía sentimientos. Ella lo sabía.

–¿Has terminado ya? –preguntó él al cabo de un momento.

–Casi.

–Tengo trabajo que hacer, Chloe.

–Y yo tengo que comer.

–Soy un hombre ocupado. Soy el jeque y creo que eso es más importante que el hecho de que tú tengas que cenar. Llama a la niñera si la necesitas.

Se puso en pie para devolverle a Aden y salió de la habitación. Chloe no pudo hacer más que verlo marchar.

Sayid sentía que se ahogaba otra vez. ¿Qué le había pasado?

Al mirar a Aden, el pánico se había apoderado de él. También un nuevo tipo de sufrimiento provocado por el deseo.

Había estado evitando a Chloe desde la noche de la playa, cuando le contó lo de Sura. Cuando perdió el control.

La había herido. Física y emocionalmente.

Entre sus brazos, se había sentido libre. Y esa noche había sido la prueba de cómo una mujer podía echar por tierra todos los años de condicionamiento que había sufrido.

Había huido, y había intentado evitar que ella fuera a buscarlo, tratando de asustarla con la verdad. Pero ella no había abandonado. Chloe era una mujer cabezota y valiente.

—¿Sayid? —Chloe apareció en la puerta de su dormitorio.

—¿Qué haces aquí, Chloe?

—He acostado a Aden y he decidido venir a ver qué diablos te pasa. ¿Te parece bien?

—No. Vete.

—¿Por qué? ¿Porque soy lo bastante buena como para acostarte conmigo en la playa pero no para hablar conmigo?

—Ya hemos hablado —dijo él.

—No. Tú has hablando. Me has dicho lo que sentía, lo que pensaba y cómo soy. Pero estabas equivocado. Así que ahora yo voy a hablar sobre ti.

—Vete, Chloe.

—No. Sayid, ¿crees que no eres capaz de sentir? Mientes. Puedes sentir. Y sientes cuando me acaricias. Y cuando sostienes a Aden. Tienes miedo. Lo sé.

—¿Crees que sabes lo que sucede dentro de mí, Chloe? Ni siquiera quieres saberlo. No has visto lo que yo he visto. Ni has hecho lo que yo he hecho. He matado, Chloe. Y lo hice sin remordimiento, porque lo hice por mi pueblo. Pero tienes razón. Soy capaz de sentir. ¿Quieres saber lo que siento?

—Cuéntame —dijo ella, mirándolo a los ojos.

—Estoy enfadado. Todo el tiempo. Con todo, con todos. Con la vida. La rabia devora todo lo demás, porque con rabia no puede existir la felicidad. Ni el amor.

—Y el día que perdiste a Sura, y el futuro que imaginabas con ella, decidiste enfadarte en lugar de sufrir. Lo comprendo, pero ¿no crees que deberías superarlo?

—¿Crees que esto tiene que ver con Sura? ¿Con el

bebé? Eso lo superé hace mucho tiempo. Pero la lección la aprendí bien.

—Sientes más que eso. Lo sé.

—No me lo permitiré. No puedo.

—¿Por qué?

—No se trata de lo que yo quiero. Se trata de proteger al pueblo de Attar. No hay otra manera.

—No me lo creo. No tiene nada que ver con el pueblo, se trata de protegerte a ti. Porque después de aquella horrible pérdida decidiste que no querías volver a sufrir.

—¿Me estás llamando cobarde?

—No más que al resto de nosotros, Sayid. Eso es lo que yo hice. Por eso no he tenido relaciones. Porque tenía miedo de mí, de los hombres. Me refugié en mi sufrimiento porque era más fácil que superarlo. Porque era más seguro. Pero no estoy a salvo. Admítelo. Por eso tienes que mantenerte alejado de mí, porque sientes algo por mí.

—No.

—Sí. Si no fuera así, podrías acostarte conmigo sin que te importara lo que yo siento. Si fueras una máquina, no te importaría, pero te importa. Eres un hombre adulto, Sayid, lucha por recuperar todo aquello que te quitaron en tu infancia.

—No. Nunca volveré a ser débil.

—¿Y crees que esto es ser fuerte? Permanecer en la oscuridad, ¿ocultándote de las cosas reales de la vida? ¿De un sobrino que llegará a quererte? ¿Que te considerará su padre? ¿De la mujer que te ama?

—Chloe... No.

—No. Yo ya no tengo miedo de que me hagan daño. No quiero sufrir, pero no voy a esconderme. Te quiero, Sayid.

—No lo hagas, Chloe.

—Es demasiado tarde, Y ahora tendrás que hacer una elección en lugar de dejarte llevar por la vida.

—¿Crees que me comporto de forma pasiva? Soy un soldado.

—Porque te resulta más fácil luchar que permitirte querer.

—No quiero querer. Y no quiero tu amor.

—Cobarde —susurró ella, mientras las lágrimas rodaban por sus mejillas.

—Maldita sea, Chloe, ¿no lo comprendes? Maté porque no pude evitar actuar según me pedía el corazón. Sura... Sufrió tanto porque me amaba. Eso es lo que pasa cuando me permito escapar un instante del infierno en el que vivo. No puedo volver a hacerlo. Ni por ti ni por nadie. Mañana regresaré a la ciudad —añadió—. Aden y tú podéis quedaros aquí un poco más. Es un lugar más tranquilo.

—Quieres decir que vas a dejarme aquí.

—Una temporada.

—Dime que no me quieres, Sayid.

Él la miró a los ojos, ignorando el ardor que sentía en el pecho, y dijo:

—No te quiero.

Chloe se secó otra lágrima. Sayid hubiese preferido que le dieran latigazos y no tener que enfrentarse a ella. No tener que mentirle.

Pero lo hacía por ella. Por ambos.

Por Attar.

—Entonces, Aden y yo nos quedaremos aquí. Por favor, haz que me envíen mis libros y mis pizarras.

—Lo haré.

Chloe se volvió y se estremeció.

—Sayid —le dijo sin mirarlo—, me enseñaste a tomar el control de mi vida y te lo agradezco. Ojalá yo también hubiese podido ayudarte. Me hubiera gustado compartir el peso de tus pesares.

–Pero no eres tú quien ha de llevar ese peso, y nunca lo serás –dijo él.

–Pero tú me ayudaste. ¿Cómo no iba a hacerlo yo? –salió de la habitación.

Él la miró y deseó ir tras ella. Pero no se movió.

Las lágrimas de Chloe mojaron la pizarra y emborronaron la ecuación con la que estaba trabajando. No le importó.

–Oh, Sayid... –susurró.

Había hecho con él lo que el resto de la gente le había hecho durante toda la vida. Había tratado de convertirlo en su ideal. Había intentado decirle lo que debía querer, había intentado obligarlo a desear lo que ella deseaba. Convertirlo en el hombre que ella necesitaba. Pero ella no había intentado ser la mujer que él necesitaba. Porque realmente nunca había escuchado lo que él deseaba.

Se pasó la mano por el cabello y se corrió por los pasillos hasta el despacho de Sayid. Una vez en sus aposentos, abrió la puerta sin llamar. El despacho estaba vacío. Salió de allí y se encontró con uno de los sirvientes.

–¿Dónde está el jeque? –preguntó.

–Se ha marchado. Ha regresado a la capital.

–¿Cuándo?

–Hace un par de horas.

–¿Cómo?

–¿Perdón?

–¿En helicóptero? ¿Andando? ¿En alfombra mágica?

–En helicóptero.

Chloe blasfemó y regresó al despacho. Descolgó el teléfono y apretó la tecla para llamar al palacio. Uno de los empleados contestó la llamada.

–¿Está el jeque Sayid?

–¿Quién llama?

–Su esposa.

–Lo siento, Jequesa, pero el jeque no se encuentra aquí.

Ella colgó el teléfono y apoyó las manos en el escritorio. Entonces, al ver el nombre que había en una de las teclas del teléfono, sintió un escalofrío.

Descolgó el auricular y presionó la tecla.

–¿Sayid? –preguntaron desde el otro lado de la línea.

–Vasin –dijo ella.

–No eres Sayid. ¿Jequesa?

–Sí. Parece que no encuentro a mi marido. Tú lo encontraste en una ocasión y necesito que lo encuentres otra vez.

–Lo haré.

Sayid corrió por la arena del desierto, invadido por la angustia y el sufrimiento. Había ido allí confiando en encontrar un momento de libertad. Pero solo lo había encontrado entre los brazos de Chloe. Únicamente se había sentido libre estando con ella.

Y ella no había empleado su debilidad en su contra. Había sido la única que no se había aprovechado de sus emociones.

La única que nunca lo haría.

Pero él le había dicho que no la amaba.

Y ella lo había llamado «cobarde». Y tenía razón.

Se arrodilló sobre la arena y comenzó a llorar, dejando escapar el sufrimiento que lo había invadido durante toda su vida. El que le había infligido Kalid. Y sus captores. La pérdida de Sura. Las lágrimas cayeron sobre la arena y, por primera vez, liberó su dolor en lugar de ocultarlo.

Cuando terminó, se puso en pie. Y todas las barreras que había construido en su interior habían desaparecido.

Sonó el teléfono que había sobre el escritorio de Sayid y Chloe contestó.

—¿Diga?

—Jequesa —la llamó Alik.

—¿Lo has encontrado?

—Sí, Pero está tan cerca de ti, que será mejor que esperes un instante.

—¿Qué? Alik... ¿qué quieres...?

—Chloe.

Ella levantó la vista y vio a Sayid en la puerta.

—¿Qué estás haciendo aquí?

—Alik contactó conmigo, pero yo ya estaba de regreso.

—Ha pasado una semana. ¿Dónde has estado?

—En el desierto —dijo él—. Tenía que... En el desierto es donde me perdí, y pensé que quizá podría volverme a encontrar.

—¿Y lo has hecho?

—No de la manera que tú crees.

—Necesitaba encontrarte.

—¿No me has dicho ya todo lo que tenías que decir?

—No. Después de que te marcharas me di cuenta de una cosa, Sayid. Me percaté de que intentaba hacer lo que todo el mundo ha hecho contigo. Intentaba convertirte en el hombre que yo deseaba, ignorando lo que tú querías. Lo que sientas, o dejes de sentir, es cosa tuya, y personal. Porque tú no perteneces a un país, ni a mí. Nadie te ha respetado en ese aspecto, y yo tampoco. Mereces algo más. De mí. Y de todo el mundo.

—Oh, Chloe —se acercó a ella y la abrazó contra su pecho—. ¿Notas eso?

–¿El qué?

Le agarró la mano y la colocó sobre su pecho para que oyera su latido.

–Mi corazón.

–Sí –susurró ella.

–Es amor. Lo sé.

–Oh, Sayid –ella lo besó en el torso.

–Chloe, ¿no lo comprendes? No me encontré en el desierto porque tú no estabas allí. Me encontré cuando estaba a tu lado. Y me asusté. No reconocí el miedo porque hacía mucho tiempo que no me permitía sentir, pero eso es lo que era.

Ella lo miró y vio que había brillo en su mirada.

–Durante toda mi vida, la gente que me importaba ha empleado mis emociones en mi contra, y contigo, Chloe, no tenía defensas.

–Oh, Sayid...

–¿Sabes cómo lo necesitaba? Contigo podía mostrarme vulnerable, y nunca lo empleaste en mi contra. La primera noche, cuando me ataste a la cama, me sentí liberado por el hecho de haberle otorgado el control a otra persona. Y después, en la playa, con las manos desatadas, no fui capaz de manejar lo que me hiciste sentir.

–Y yo te presioné.

–Necesitaba que me presionaran. Puesto que tuve que tomar el mando... Pensé que me estaba partiendo por dentro. Pero no era yo. Eran los malditos muros en los que he estado atrapado la mayor parte de mi vida.

–Te pedí cosas que no debería haberte pedido. Te pedí lo que yo necesitaba, en lugar de preguntarte qué necesitabas tú.

–A ti –dijo él–. Te necesitaba a ti. Y te necesitaré siempre. Porque contigo me siento liberado.

–Siento que lo único que he hecho es aprovecharme

de ti –dijo ella–. Hiciste que me sintiera segura. Me permitiste que te atara las manos después de todo por lo que habías pasado. Te casaste conmigo para que pudiera quedarme junto a Aden. Tú... Te has llevado mi miedo y mi sufrimiento, y me has dado algo completamente diferente. Una nueva manera de ver el amor.

–Me alegra oírlo, *habibti*, porque antes de conocerte tenía un vacío en mi interior, y tú me lo has llenado, Chloe.

–Quizá así eso sea el amor, Sayid. No resta, sino que suma.

–Creo que tienes razón.

–Sé que así ha sido mi experiencia con Aden. Por mucho que me haya costado, y me costó al principio, el amor que siento por él me ha dado muchas cosas.

–Aden –dijo él–. Y tú. Me parece demasiado para un hombre como yo. Mucho más de lo que merezco.

–No, Sayid. Es lo que siempre has merecido, y todo lo que te quitaron.

–Haces que me lo crea. Que me sienta valioso. Nunca me había sentido así pero, al mirarte a los ojos, siento que mi vida merece la pena.

–Eres muy importante. No por lo que le has dado al mundo, sino por lo que me das a mí. Y por lo que le darás a Aden.

–Quiero... Quiero ser su padre. Ser tu esposo. Vuestra familia.

Chloe rompió a llorar y una lágrima rodó por su mejilla.

–Yo también deseo lo mismo.

–Te quiero, Chloe. Contigo no me siento atrapado en mí mismo. Solo soy yo.

–¿Qué opinas ahora? Dieciséis años de matrimonio no suena tan mal, ¿no? –preguntó ella, y lo besó en los labios.

—Sigue sin parecerme lo ideal.

—¿No?

—No, Chloe al-Kadar. No quiero dieciséis años. Quiero una vida entera. Puesto que nos queremos, parece lógico que sea así.

—Bueno, ya que lo has expuesto de manera lógica, acepto.

—Así que, al final, ha ganado mi lógica sobre la tuya.

—No. Al final, ha sido tu amor el que ha ganado –dijo ella.

Un par de meses más tarde, descubrieron que amamantar no era el sistema anticonceptivo más efectivo.

Chloe estaba sentada en el borde de la cama con cara de sorpresa.

—Eres científica –dijo Sayid–, deberías haber sabido que esto podía suceder.

—Ay, calla.

—Ya estás bajo el efecto de las hormonas.

Chloe le tiró una almohada.

—No pareces asustado.

—No. Porque estoy feliz.

—¿Lo estás?

—¿Cómo no iba a estarlo? Estos meses que he pasado con Aden y contigo han sido los mejores de mi vida. Tenías razón respecto al amor, cada vez se hace más intenso.

—Este será el segundo hijo –dijo ella.

—Y será tratado igual que el primero. Y el siguiente también. Todos nuestros hijos se sentirán queridos. Y se quedarán aquí, con nosotros.

Ella asintió con una sonrisa.

—Sí, eso es lo que quiero.

—¿Tenías miedo de que yo no quisiera lo mismo?

—No, pero la tradición...

—¡Maldita tradición! Ya te tengo en mi habitación, y durmiendo en mi cama cada noche. Aden ya pasa más tiempo con nosotros que con las niñeras. No tengo ningún interés en la tradición. Quiero una familia.

—Es lo que yo siempre he querido.

—Me alegro de que podamos tenerla juntos.

Epílogo

Dieciséis años más tarde

—¿Dónde está Aden?

Chloe se volvió al oír la voz de su esposo.

—En su habitación.

—¿Y está preparado?

—Solo es un niño, Sayid.

—Es el heredero del trono de Attar y está a punto de ocupar su lugar.

—Lo sé. Nació para ello. Ha pasado su vida preparándose para ello, pero...

—Pero tú eres su madre y no puedes evitar preocuparte por él —Sayid se acercó a ella y la abrazó. A pesar de los años, el deseo que ella sentía por él no había cambiado—. Yo soy su padre. Y siento lo mismo que tú. Pero él es fuerte e inteligente. Y nos tiene a nosotros.

—Lo sé.

—¿Y los otros niños están preparados?

—Espero que no se hayan manchado la ropa. Se han vestido tan temprano que no sé si sus trajes durarán limpios toda la ceremonia de coronación.

—No pasa nada. Nunca hemos simulado ser una familia real tradicional.

—No creo que quisiéramos serlo.

—No, doctora Al-Kadar —dijo Sayid—. Supongo que no. No hay muchas jequesas que impartan clases en la universidad.

—Y no hay muchos jeques que tengan las obras de arte de sus hijos colgadas en su despacho.

–Supongo que no. Pero tampoco hay muchos jeques que tengan una familia tan maravillosa como la mía.

Aden apareció en la puerta con la ropa perfectamente planchada. Chloe lo miró con orgullo. Para ella siempre sería el bebé al que acunaba contra su pecho. El bebé por el que lo había dejado todo.

El bebé que le había dado todo lo que le importaba en la vida.

–Estoy preparado –dijo él.

–Nosotros también –dijo Sayid, rodeando a Chloe por la cintura y colocando la otra mano sobre el hombro de Aden–. En cuanto quieras entrar, te seguiremos.

–Me alegro de que estéis conmigo –dijo Aden.

–Siempre. Siempre te apoyaremos.

–Nunca lo he dudado –sonrió y se dirigió hacia la sala del trono, hacia su futuro.

–El chico es la esperanza de toda una nación, pero sobre todo es nuestro hijo. Él nos unió, y eso nada lo cambiará.

–Lo sé –dijo Chloe y besó a Sayid de manera apasionada–. Si hubiésemos seguido con nuestro plan original, hoy sería el día en que nos habríamos separado por diferentes caminos.

Sayid la abrazó con fuerza.

–Sin embargo, creo que a partir de ahora te abrazaré todavía más fuerte.

Ella lo rodeó por la cintura.

–Yo también.

–¿Después te pondrás las gafas y me hablarás en tu tono de solemne profesora?

Ella se rio.

–Si no te comportas durante este evento tan importante, puede que te ate a la cama –lo besó de nuevo–. Así tendrás algo con lo que ilusionarte.

–*Habibti*, contigo siempre tengo algo con lo que ilusionarme.

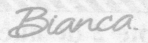

Bianca

Tenía reputación de ser un magnífico hombre de negocios y un seductor empedernido

El millonario Harry Finn siempre conseguía lo que se proponía... y lo que tenía ahora en la cabeza era a la secretaria de su hermano, Elizabeth Flippence.

Un mes trabajando juntos en un paraje tan bello y lujoso como Finn Island iba a ser tiempo más que suficiente para que Harry consiguiera que la eficiente y sensata Elizabeth se relajara un poco y acabara en su cama. Pero Elizabeth no quería ser una conquista más. Lo que no imaginaba era que Harry tenía una faceta que era mucho más peligrosa que su arrolladora sonrisa...

Dos amores para dos hermanos

Emma Darcy

Acepte 2 de nuestras mejores novelas de amor GRATIS

¡Y reciba un regalo sorpresa!

Oferta especial de tiempo limitado

Rellene el cupón y envíelo a
Harlequin Reader Service®
3010 Walden Ave.
P.O. Box 1867
Buffalo, N.Y. 14240-1867

¡Sí! Por favor, envíenme 2 novelas de amor de Harlequin (1 Bianca® y 1 Deseo®) gratis, más el regalo sorpresa. Luego remítanme 4 novelas nuevas todos los meses, las cuales recibiré mucho antes de que aparezcan en librerías, y factúrenme al bajo precio de $3,24 cada una, más $0,25 por envío e impuesto de ventas, si corresponde*. Este es el precio total, y es un ahorro de casi el 20% sobre el precio de portada. !Una oferta excelente! Entiendo que el hecho de aceptar estos libros y el regalo no me obliga en forma alguna a la compra de libros adicionales. Y también que puedo devolver cualquier envío y cancelar en cualquier momento. Aún si decido no comprar ningún otro libro de Harlequin, los 2 libros gratis y el regalo sorpresa son míos para siempre.

416 LBN DU7N

Nombre y apellido   (Por favor, letra de molde)

Dirección   Apartamento No.

Ciudad   Estado   Zona postal

Esta oferta se limita a un pedido por hogar y no está disponible para los subscriptores actuales de Deseo® y Bianca®.
*Los términos y precios quedan sujetos a cambios sin aviso previo.
Impuestos de ventas aplican en N.Y.

SPN-03   ©2003 Harlequin Enterprises Limited

La tentación vive al lado

MAUREEN CHILD

Divorciada y con un hijo pequeño, Nicole Baxter no necesitaba
a ningún hombre en su vida.
Pero cuando el multimillonario
Griffin King se mudó a la casa
vecina, Nicole acarició la posibilidad de tener una aventura con
él. Griffin no solo era guapo y
varonil, sino que también era de
los que no se comprometían, lo
que lo convertía en el amante
ideal... siempre y cuando ella no
se enamorara.

Griffin King saltaba de una mujer
a otra y nunca dudaba a la hora
de abandonarlas. Sin embargo,
cuanto más tiempo pasaba con su hermosa y sensual
vecina, más deseaba estar con ella. La única mujer a la
que no debería acercarse...

"Dame solo una noche"

¡YA EN TU PUNTO DE VENTA!

Bianca

Solo iba a tomar lo que le correspondía

Reiko Kagawa estaba al corriente de la fama de playboy del marchante de arte Damion Fortier, que aparecía constantemente en las portadas de la prensa del corazón, y del que se decía que iba por Europa dejando a su paso un rastro de corazones rotos.

Sabía que había dos cosas que Damion quería: lo primero, una pintura de incalculable valor, obra de su abuelo, y lo segundo, su cuerpo. Sin embargo, no tenía intención de entregarle ni lo uno, ni lo otro.

Damion no estaba acostumbrado a que una mujer hermosa lo rechazase, pero no se rendía fácilmente, y estaba dispuesto a desplegar todas sus armas de seducción para conseguir lo que quería.

Terremoto de pasiones

Maya Blake

[2]